更悲觀更要

◉李進文／著

聯合文叢 614

目次

卷一　脫掉穿上

卷三　涉獵之歌

卷四 瀏覽時代

卷五　今天好好

卷一 脫掉穿上

Pessimistic But

重要筆記

聽風一句句柔軟提問比石頭硬朗重要
葉子從不大聲說自己就是一整棵樹這件事很重要
鳥兒從不強調自己會飛，這件事讓牠擁抱天空
向天邊一朵雲打招呼比登天重要
蝸牛不會想到前程還有多遠，故歲月慢，姿態靜好
兔子獨自跳跳跳比為愛喧囂重要
雪瞭解自己也能融化遠比吶喊春天來了重要
跟靈魂好好相處比抓著不放重要
跟一次次的念頭好聚好散比等待頓悟重要

喝一口水細細體驗比杯子擁抱滿滿的水重要
以後當個人比從前做過好人重要
痛苦的樣子比人生做做樣子重要
冷笑有時比熱心重要
宇宙再大都比不上一小聲我喜歡你重要
喜歡過了比活夠了重要
詩人能在詩中失蹤這件事對寫詩很重要
重要的，不是想什麼，而是成為什麼
重要的，不是點燈，而是關燈後暗中感覺到的

靜得像噪音

群鴉犁完千畝空氣，整個小清新
雲端的肥料養育纖弱的個資
終於長成大數據：
一部分是你被你自己遺棄
一部分歸納分析跟你無關的東西

風，也有風格樹立
吹起來像遭時間遠遠拋去
葉和葉用比翼雙飛的方式誘拐陰影

於是就有了憂鬱質地
跟香氣一樣好摸
果實像你甜度極低，低人一等那樣

神感覺雨
和雨後的彩虹可疑
它倆對人間盡說些天堂的假消息
今天氣溫變得光明磊落
只有道路陰險，把方向騙得很遠

些些跳痛情詩

用下雨的句型寫信
長亭接短亭地默誦，換氣，就
沉靜些些了我
黑雲持續自國家那方向飄來
我倒出室內的光
篩揀一條橘灰，淡靛，韌性，果然的光線
繫住那些個字，啊
那些個字
輕聲悄悄如霉

而重音，恰似剛剛發生的雷
震動些些
些些你的名、節骨眼，以及苔蘚
苔蘚深刻地咬彎鐵椅，又
終於
些些放鬆——唇
微啟，將說畢竟未說
那些個跳痛的字
用放晴風格
憂鬱著：我可能不是你值得的

經過情詩

這麼好的天氣
你清清淡淡
張開雙臂
收攏天空
雲來心中坐
是什麼風把你吹來
吹得這麼好
的你
有惑微微

微笑看牆上溫度計：
我狂熱
我冰點
我允執厥中
我上下
水銀你
這麼好的你啊你
過午驟轉為淋漓

上下

這梯
這樣扶著（幾乎是摟著）商業
大樓向上迴旋這笑
這哭依序
經過複眼窗子

窗子一邊下降
一邊注視你
你啊你在有雨的戶外人群中

像小小一宗社會案例
些些歷練的你
會不會更深刻或者怎樣呢

這梯繼續
向上和你
和方向感一樣總是失去

脫掉穿上

每天清晨陽光脫掉霧，袒露古銅意志
穿上街
穿上意義
也有道理穿上，穿上人群

脫掉骨皮肉
穿上靈魂，穿上飛
跟雲端親愛的陌生人，打招呼，連線
一起思考，一起行動

脫掉自我，對愛開始懂得
也捨得
脫掉灰詠與深黑
幫它們穿上乾淨的光，它們老是髒

一邊前進
一邊脫掉大人，脫掉小人
穿上天，穿上離家的十萬里
穿上自己的未來

脫掉一日，脫掉海的岸
到深夜穿上島嶼
陌生的公理正義
終於下巴略略抬起，與世界等齊

人生

人生為我而死，一次
再一次。
我為人生做了什麼事？

邊界劃過身與心，一道
又一道，如刀。
我從未像傷口一樣開朗過。

一早，天是為我亮的，
我是這樣騙人生的。

語字讓我多餘，
我讓語字多疑。

我裝死，躺在路旁，
含笑張望上蒼。
人生給我
活活氣死，一次再一次。

我為人生做了一個
又一個夢。到如今
都醒得像睡了。

隨風而逝

夢到人生壞掉，至少一半。
驚醒！看見
黎明坐在床沿低頭不語。

說早安已經有點遲，
都過了十七歲很久。

刷牙前，
在浴室哼歌，

被刮鬍刀割，聲音壞掉了。

世界嘎吱嘎吱也像壞掉的
Ubike 腳踏車，經過屋外。

吃早餐已經有點遲，
有些不該愛
的愛，餓過頭了。

陽光慢跑進落地窗，
渾身是汗，假裝
古銅色的希望。

總還有些小美好，甘願等，
等戀人有一天比超人早到，
出手拯救時光。

出門，只為了爭相證明
誰先發現第一個早晨，獻給
最純真。

壞掉的，隨風而逝，
從今以後你也是！笑一個
就算加持，為來日。

放下

放下
請給我放下
公車這麼聽話，也這麼做了
我一個人在荒野的站牌被放下
一群獅子老虎將口中的肉放下，望著我

放下
請給我放下
心這麼聽話，也這麼做了

我一個人這麼輕，被重重放下
老奸巨滑的命運假裝很累，躺在我身邊

放下
請給我放下
寂靜這麼聽話，也這麼做了
我一個人被一陣風放下，像塑膠袋
不環保的語字還在抖動，窸窣聲髒髒的

數學

演算一個人
對應另一個人，像函數
我們都不喜歡答案袒露，如果愛
你的心不可統計

套用公式，讓感情變黃
而你腦力青翠，樹立定理
從結果來看，不一定怎樣才叫對
戀的過程不是數學

雨滴落前途，一個人是一個點
點，沒有長度、沒有多餘的東西，
只是一個位置，停在不寬容的直線

——依據定義
直線往前走，一點一點
從萬物的趨勢來看，我們愈來愈遙遠
卻以為再走下去就會愛到永遠

根本

懸而未決的雨，讓灰變很色，
色色對人生這充血的小東西。

憐憫這燈吧，
它必須觀照我這一身昏黃。

光想著昨日，這是最溫柔的死法；
不想未來，這是最直接的愛了。

人生是它的人生，
人已經不是我應該成為的人。

成功做對一個人，
可能是錯看人生。

然而，這
根本不關我的事，我只服事根本。

根本是簡單的，
簡單如果不是追求來的，就單調了。

明天當太陽昇起，模樣隨喜；
露珠們都會有一個下落，顆顆看破。

喜歡

喜歡跟你在一起，一起慢慢變酒的感覺，
而不是變老的感覺。

喜歡時間，而時間喜不喜歡你呢？
時間漠然跟你發生關係是不得已的。

喜歡是數量，一生固定的喜歡僅僅那麼多，
為了節儉，你捨不得喜歡自己，
只努力奮鬥討別人喜歡。

喜歡遠方，遠方在唱歌，從春天發聲；
喜歡的意思就是——
即便你已零下五十度，心內史上最高溫。

命運之神正眷顧著你，
要把握良機去忘記你不喜歡命運。

喜歡靜止，不喜歡你老嚷著什麼永恆，
我們恬恬靜止在
的一瞬，那一瞬沒有時間存在，永恆才會在。

喜歡，用在形容親情恰恰好，
輕輕的、恆久的；

親情以愛來形容，太重了、太孤單了。
喜歡，比較開闊，因為它包含了愛；
而愛，太霸道了，它不會容許只要喜歡就好，
你這個愛唷，太喜歡是非題、不喜歡選擇題。

樂觀地，去喜歡就對了。
對了，你還記得很久以前你單純喜歡一個人、
單純做一場白日夢的滋味嗎？

為何愛

為何愛無法擱下時間？為何月亮停在路邊的紅線？
為何拿愛沒辦法，它恨你嗎？
輕觸你，為何流星自肌膚滑走？為何指尖有燈火？
靈光乍現的一瞬，為何恰巧無事可做？
愛呆呆地坐在不愛的旁邊。
愛撲向鏡子，撞碎自己，每一破敗的肉身皆相反。
為何不再沖洗照片？在檔案裡關了那麼久，有罪似的，
放愛出來不是問題，我心格式老舊能否打開才是問題。

為何無法啟動特殊字體，在你身體，你說的痛是哪一種輸入法？
為何寂靜像野獸？為何路倒的夢，像汞？
教會了我們做人的方法，那不是愛應負的責任。
愛獨自擦亮一聲聲鐵打的回音，為何深谷自說自話？
愛姍姍來問吃飽了嗎還有什麼要收走？——還有我。

今夜我凝視身體

體重很徬徨，不要再把影子加上去了。
靈魂之窗，你還好嗎？屈居眉毛之下一輩子，難怪會流淚。
頭髮逆風的時候，像薰衣草一片尖叫。
對鏡凝視鼻孔內一根嚇白了的鼻毛，發現呼吸今天也累了。
用微笑拉皮，用寂寞削骨，對世界整型乃神的行業。
數一數腳指頭，不是八就是七，那少掉的起碼有十萬里路。
每問一次握著悠遊卡的掌紋，
就會嗶一聲，有的運數在生命線下車，有的在感情線上車。

為了好好寫詩而買了防癌保險，
每一個字每一個標點從此每年固定繳費，並未更重視健康。
夜已有福態，微風鬆垮垮的。

十字

天空下，草地上。是誰
遺落的童話一本正經斜躺，慢慢
慢慢變老。
風伸出舌頭，輕舔花開花落。
鐘
敲響自己，不小心推送禱告一聲
一聲聲出去，就離教堂的十字愈來愈遠了。

一個穿蘇格蘭裙的男孩想起什麼突然
轉身往回跑，伴隨一隻小白馬自他左耳環
叮噹奔來（心如戰亂）愈來
愈靠近剛剛的教堂，就穿越！
留下十字愈來愈古裝味……

更悲觀更要

更悲觀更要亮麗
抬頭挺胸，讓糊塗的老天都能看見你
不確定的東西，比恆星更清晰
更要手腳乾淨，對萬物有禮
賴活沒關係，如果更優雅。
對不要緊的人生懶得理
懶是一種敬意
就跟自強不息一樣自有它的道理

更悲觀更要紀律
當躁鬱，蜂擁如小魚——
更要為空氣梳洗，好好呼吸
灰階排整齊，更要為一切微乎其微
條列生機
燙一頭雲，頂著天意
穿一條俐落的街
跟命中不注定的人在轉角碰面，握手
微笑，對情問候、對仇拍拍肩頭

更悲觀更要願景
願景是大廈隔壁的老鄰居
這麼多年只相遇在電梯，默默按上按下
我們正好都在大千世界小住一瞬

更悲觀更要體貼悲觀，別輕易離席
更要對一切不為你所愛更動秩序
更悲觀更要早睡早起，細細感覺自己
戒掉一直說對不起
戒掉仰望上蒼
人間再大的難關
只是宇宙健行時一次破皮

卷二 鬼的事業

Pessimistic But

春晝

划藍天到水面
槳木木地親水三下
比福壽螺還臉紅
水聲小鹿亂撞
有「吉」或「滿」字鯉魚般悠游來去
拱橋忍不住荷花起來
風忍不住風景起來
光與光陰的睡姿

像捲舌音
說「討厭」比說「喜歡」纏綿
春天來得像飛碟
慢慢分開最美

今日小暑

——俗諺：「小暑過，一日熱三分」

1

走進夏日
已有陰影坐在角落
心事忙著
口渴

2

巷弄愈睡愈長
中年
熱醒它
謝謝
風
還活著

3

蟬嘶
的原理
就是用力

唸快唸糊一首詩
然後至死都要一個字
一個字慢慢
搞清楚

4

光線與光線擦身
忙而且
熱切
像進取的青年
汗
如同業績下滑

5

吊銷太陽執照
仍有光
不要命地在體膚違規駕駛
一副無政府

6

夏日公園
溜滑梯下面呆呆坐著
一個喘吁吁的
天堂
懶得再爬上去了

7

天空今日辭職
只剩太陽看守
我國
百姓利用汗水到處逃走

8

日正當中
影子被石頭鎮壓
燙得尖叫
小暑照樣一統天下

悶熱

打開門放出一群悶熱狂奔，在草地
吐舌的長毛狗啣回玩具人骨，放下，撒尿如青春已逝，然後等待便意
在社區，繼續向行道樹傾訴而去
繼續教一個禮拜日爬樹，學猴子，晚些月亮也會學香蕉
現在是黃昏，散步的人愈來愈像菊花，臉瘦，可是大地雨後肥沃

夏天尚未樹敵，蟬也尚未整軍
汗腺就恨意難耐了；汗，機關槍似地滴滴答，像在跟空氣吵架

毛孔指揮千軍萬馬，紫外線負傷跟在後面
沒有哪一種癢承認它是時間，抓了又抓也止不住

杯子裡傾滿數學符號，喝了，解不出渴求的答案，唉這日子
打開門放出一個名字，它在草地融化，哇冰淇淋
打開門，腦力塗地，狗終於等到便意

鬼門關前

鬼聽說有人在這兒，
有人在這兒想事情。
事，情也。——無情才會滋事。
鬼發生事故，
來世必有一段人的故事。
鬼門關前，
再忍一忍就立秋了。

鬼的疤，鬼的刺青，淡了。
一襲靈魂蓋著今世，
是薄暮了。
鬼來，提報命中的回音。
鬼來，練習飄一飄。
隱身而且忽然嚇人，
如果寫詩像這樣多好。

鬼聽說有人在這兒，
有人在這兒想事情。
並非情事，愛不會古老到想死。
荒郊在心中，
倩女幽幽在心中，
流星重新投胎，還記得
暗中一彎微笑縊在梨樹。

鬼的疤，鬼的刺青，淡了。
今世意象，應該是淡淡看透
七里香鬼鬼祟祟，偷聞歲月，
是天亮了。
終其一生只嚇一個人，
如果寫詩像這樣多好。

果然女鬼

似乎是以古幣網購，自聖地。
怪物批發來一箱我，早熟，
各式果香鬧完情緒了。
猶記昨夜，我甚至吃了火龍
果。

果然性靈背面，野草茂密，風一吹都是低頭族，
對著墓和愛慕，
妳幽幽唱首情歌，杏仁發音，濃郁奶味。

妳珍藏一個深淵，
唯我識貨，每天澆水，沒長出鳳梨，卻長出鳳
和祥雲，善於變形。

葡萄成串對不起
對不起……甜度剛好
只夠傷心。

當妳帶著寶物一縷縷走進發春的果園，
妳說不要再叫妳女鬼了，聽起來好疲倦。
每當思念，我就一點點
一點點隨妳不在世間。

鬼的事業

鬼起初是一縷，隨著歷史發展成一片、一隻、一幢、一座，
發展成一顆心，對自己恐懼。

美個鬼，醜個鬼，他們說鬼
鬼在人間尋覓自己想要的樣子，太急了直接穿牆。
人的生命中，很多事情變成殭屍，起初不動，後來用一跳一跳印證麻木，
麻木會咬人，跟吸血鬼一樣，
最想咬的是頸子——它支撐魔鬼想法。

某夜在路邊的攤位看見人
人在叫賣魔鬼，天使們團聚，惡意秤斤論兩的。
神馬的路，煙塵如福音，人常常造成鬼追撞。

身而為人，
受膏、放鹽、唱聖詩，
以十字架退散神明管理不佳的世界。
符、劍、印、鏡，驅鬼的時候，
這些工具也曾自我懷疑：
人鬼之所以殊途，
一定是鬼對人，死了心。

鬼自己選擇成為鬼，這是一個自由民主的社會，
鬼也投票，落選的，投胎做人。
鬼經營的事業不是嚇人，是直銷、開拓那些不再心懷鬼胎的人。

鬼不能理解的是，愛與不愛的冥婚。

鬼最多產的時刻是脆弱，那時每一炷香牽引可怕的回憶；

那時，蟬拍手鬼叫，

那時鞦韆無人自盪。

蔬果意味

三星蔥

晨露一顆失手打破我，
我醒來滿身碎琉璃，
就這樣，閃閃爍爍發呆至正午。
如果明天的此刻等不到明天呢？
不想不想、不想了；
妻在廚房爆炒三星蔥，氣味
像熱情的西班牙舞步！

孩子與媽媽正高聲聊著未來，
快火搶話，
一句蔥青、一句蔥白。
……好餓啊，我得趕緊
收拾身體，
告訴他們我有在家裡。

梨子

早晨，我將自己裝成一瓶牛奶，
置於小餐桌。
我問一旁的梨子這樣每天被切成一片
一片痛嗎？他傻笑，嘿嘿地氧化了。
白土司夾新聞，流出蛋黃。

孩子一坐下就興奮地說剛剛
在廁所門口撿到一天，
恰恰是爸爸不在的那一天！
深秋飄來清涼有勁的牙膏味，
晨光在窗櫺磨磨蹭蹭，母貓似地
跳進妻的懷裡。此刻，
家的細節，無聊而寬大；
每一個人匆匆將我傾入玻璃杯喝下，
帶我出門，消化。

蘋果

潮溼鑽入教養書
偷翻不好意思寫的內容，
順便犁出少數

對的想法；……雨季
有機堆肥那些掉落的下巴、
看錯的眼球、餅乾
屑、嚏沫、咖啡漬；再將長夜
與小睡，渠一般引入教養書。
——亞當在那裡鋤草，
夏娃在那裡採果，
孩子們像詩三百奔跑於阡陌。
知識有了綠意，
我有了霉味。
回廚房切一盤樂園的蘋果，
呼喚小兒去隔壁請上帝進來先吃，
（注意口齒要清晰喔：先吃，
不是先知！）
小兒快樂地趁機鑽出教養書。

八月水果送

水蜜桃季節快過的時候，走在菜市場覺得軟爛。
肉肉的理想，肥肥的香。
汗一直流，香蕉的態度軟化，斑斑點點像美洲豹。
秋天也像美洲豹，波赫士養的那隻。
龍眼蜜調過的酒已成年，水果們開始皮笑肉不笑。
低頭刷了一下手機，在菜市場，
臉書將腐。惡果善果搏廣告，酸文抬舉檸檬，加腹黑的糖水。
菜市場人生唷，文青的蒟蒻，鳳梨鎧甲戰士，世事如煙的芭樂。
我想要過的生活是酪梨牛乳，

慘綠少年的暖色系酪梨心，牛乳小清新——
它們是閨密，用碎冰私語。
我想要的創意，奇異果以初生嬰兒的頭腦誕生了。
我注視水梨，想著昨夜脫光的月亮。掏錢買了。
木瓜的心粒粒好惡分明；百香果的心比較黏膩，對愛既要甜又要酸。
紅肉白肉火龍果，都是心頭肉，但是情意有時比不上便意。
神神叨叨的菜市場，忍忍，九月也就釋迦了。

長夏霸氣

正午已經
淡淡
近似流雲；小暑拈轉菩提，似有清涼意
對面的人影，香而翠綠

香而翠綠的對面人影以為我是一扇窗
不透明而已。
此園的花
微風摘去，簪在別園他日的草

蟬之內力不絕，葉之呼叫層層疊疊
日子啊！日子
小河流說有光、就有光描寫樓窗
窗下失溫的紅磚道
城市提鞋小跑

這是正午，任何一個可疑的正午
以何等商業圖形統計出
幾何歲月

而妳是步出校園的小臺階
來也、來也鳳凰！紅紅火火深淺搖曳
浮動長夏霸氣。
遠方
牛羚和斑馬大規模找尋水源地
眼下，妳撩撥液態身體

赤炎炎曬網詩——小談經濟

滿腔熱血，看作桃花流水。
天真
瞪我，如暗器
——當英雄環顧四周
戰況全無，比戰敗更淒涼

千里外
蜜蜂飛來
撞上只有半個人的會議室

嗡嗡嗡～～彷彿是說
跳樓跳樓
讓想法跌破
圍觀的一群大小目標坐上卡車
走了

諸君善用最佳的口水洗劫
霸業
山寨之前白鷺飛
斜風細雨中，如果
寂寞被市場喜愛
就會是很大的藍海

這麼熱如何看書

速讀，像兔子
跳跳跳
露出像思考一樣白的小蘿蔔腿
也無所謂
往有清涼意的路線，跳
跳過形容和隱喻
跳過比呵欠更深的層次
瞇眼望天，啊
長得多麼好看又好藍的一天

不分行不分段
像汗
綻放的詞彙
香一下都累
六月挪動七月
才發現一朵壓不扁的笑靨
作者寫得無話可說的下午
速讀
速讀天光雲影大塊大塊之章節
汗忍不住伸出十指
搔癢故事
心靈食糧都融化了
瀰漫甜膩氣味
忽見

左右八百萬隻螞蟻、前後
十個夏日一起抬轎
美美而精裝地嫁出一身焦躁的字
不久又逃
回來氣得跳跳跳，像鞭炮
受虐後熱昏倒

秋風夜雨也無替阮想

你知道流水吧?就是匆匆嫁給時間那個。
那個樣子好美。只能追憶。

只能用寫的。一首詩由它坐上大半夜，捨不得趕走。
寫，這個動作，像落花時節。
寫很多，幾近空氣。

想吃秋天，如果可以變甜。
想吃永遠，滋味一定苦鹹。

這靜，唧著我一個人鳥而鳥，盤旋復盤旋。
無枝可棲的雨聲！
踩痛秋風，像蚯蚓哮悲情。
淅淅瀝瀝地圓一圈圈謊，勸自己發出月光。

十二月了

看見什麼了嗎？
十二月了往回檢查
這一年沒有一個日子要我寫詩給它
它讀著累，我亦徒勞
往回走很遠很遠很遠、很快超過半輩子
才發現
偏愛那個淡淡的疲倦
葉子比我勤奮，努力掉下來
露水順便掉落眼睛

才發現
一月至十二月的重要時刻每每嗜睡
心隨菌類，在夢中
入土
分解，也許會長成肥沃的春天
十二月了豈有
此理邁前一步，就抵達明年
而我喜歡此刻
——風想到什麼就去吹
——光走進黑暗讚美。
胖嘟嘟的靜
十二月了嗎？
用水聲潺潺補充一個人

為耶誕老人說幾句話

每年能做的他都
會去做：穿紅制服
戴假鬍子，逗雪
開心。他的輕嘆
像麋鹿
他的背影是巧克力
燭光一口都沒咬
光瞧著他叮叮
噹。他看著天候變壞
看著好人躲進大衣

以為平安。夜
能做的也都
會去做：穿黑披風
蒙面如俠，埋伏在
星星和落葉之間看他
孤單。叮叮噹
叮叮噹想他煩他。只有
教堂的燈，亮著安慰
那麼白、那麼輕
煙，是煙囪的禮物
能送的他都會去送
卻一年比一年少
不怪景氣、怪
只怪他把愛變成職業

歲末禱詞

讓我把日子過得清淺一點
也許有機會看透
對悲傷的事，少想一遍
對快樂，一無所求

新的一年
把廢字鏟到一邊，不要擋住世界
讓我多爬幾回山
返鄉跟大海做一次懇談

讓我關心他方
少跟自己算帳

讓我的心是一個小撲滿
即便人生所剩無幾，但仍每天有投入
讓我思考寬容
讓我聽懂他人的沉默

愛不是心動
愛是推門出去開始行動
讓我多走歧路
去拜訪月光的背後

讓我像樣，而不只是人形的模樣
當我耿耿於懷
請提醒我要「祝福」
當我糾結於一再的後悔
請提醒我「夠了」

神啊

倒數

有一雙雨鞋自車門摔出
其餘：頭和半身被載走

在雨中，有安靜的小白菊
黑狗是一句定律飛奔而去
水窪懸賞的明鏡
像反義詞

少於零的人們，鬼得很
天拉下鐵門
是該檢討的時候了
脣與齒卻各自獨立
舌是旗
喃喃揮舞細語
翦徑殺出凶巴巴的意義

願我跌倒的樣子還算體面
待會兒，請跨過我
像跨年一樣

最後一天最後一首詩說說煙火

因為煙火，白鴿白鴿閃遠遠的
和平鐘年年準點驚魂
跨年倒數計時——

煙火咻咻咻！
高高在上的你那裡很美
總在別人屋簷下的我這裡發霉

年年煙火兇狂進行
待會兒必須安撫嚇傻的神靈
待會兒必須收拾震碎的星星

今夜，月亮代表我的心
卻發現凹凸不平

提桶子裝滿煙火累了的灰燼
愈來愈不像人類居住的環境
無業遊民都說外星人也懶得入侵

夜倒吸一口氣，好冷的經濟
忍受煙火喧譁之後寂滅

再多聲光不會讓世界變成一朵花
美好的年代像壁花，在風中尷尬

煙火向上直起來
也救不了政府軟趴趴
照舊只好望著虛空大喊哇哇哇
照舊以載歌載舞追憶逝水年華
跨年之後百姓也不會有錢可花

卷三 涉獵之歌

Pessimistic But

深夜巴士

經過隧道、經過雪，
像人一樣的星光，來了。
若我到站，車門緩緩打開、緩緩理解；
望向夜，
宇宙是一件母親摺疊的披肩。

愛很老派，
一次只夠專注一條掌紋行駛；
愛有種種，窖藏在猶豫中，
若心太濃，
寂寞像巴士一樣猛然發動。

額頭倚靠額頭，
星座對話星座，
鬢角的淡香，像綿羊吃草小口小口，
深夜知道：

妳那麼瘦，
抱住奇異恩典，
抱住煙，努力向上。
讓時光鬆動的，
不是遺憾，是希望妳過好；
好好
經過隧道、經過雪。好好經過感覺。

最簡關係式

巴士站一個人
枯葉般
等待所有人下車
然後一個人
挽著深夜
走路回家
一步不了解下一步

偶爾小跑步
不讓悲傷追上

雨瘦風肥
窗和扉，媾成狼
牠嚎囂虛空
只有手機信心在握
指尖捭闔，滑動
一覽眾山小似的
植物氣概

滿街的天氣病了
種種念頭沒意思

亂髮
抓不住想法

雨靜風止
晚安以後
一個人暴風雨

同學會

前往市區途中
烏雲像飽含心事的老狗
忠誠地疲倦著
突然，雨如箭
更快更狠而準的，其實是電線桿
枝枝射中勞碌命
我想：身為電一定比露比夢幻泡影還苦
邊輸血給光明、邊操練電線桿排隊答數

畢業後，我們繼續
在皺褶的體膚寫考古題
正確答案老師沒給呀
我們在括弧內蹲著躲雨
雨聲附帶說明：誰誰誰失蹤是喜劇
好不容易等到每個中年拚命游回故鄉
已經一副鮪魚的模樣

我們只是換個方式繼續當值日生
負責擦掉你擦掉我
眼前是滾沸的白菜瘦肉鍋
挾一口，燙！記得
校歌背後是大海
白浪濤濤的我們
如今以夢想平均死亡的時速在人海疾駛

還記得……插旗的捕烏船擺盪如大笑
笑亦漸少，我們閒聊經濟與環保
而雨狂下、嚇
出人形：掉髮，老花，發福，健忘
悶啊，有同學起身開窗
一陣膨風進屋
吹吹老江湖
滿地時間陶醉在敲邊鼓

爾時，命有奧運

午後影音下了一場對流雨
時代撐一把傘惘惘然遞給時間

有的仙，剛下高鐵就轉往秋天
有的資訊已成佛
有的遊戲比天堂近、比空氣輕

楊枝淨水，讚
遍灑三千好友

午後字語瘦成一道閃電
寂靜重達六十三公斤，高一米七
命有奧運
根據瑪法達看星星

如果我說出願望。你說活該。
我這人一點也不好玩。「嗯！」
你在對話框灌蟋蟀
幾朵雲像你在天堂養生

你敲我密我小窗我，我黃粱一夢
午後也有啄木鳥，也有空洞
只是不再有回音

發呆比痴迷更具戰力
一次偶然勝過一生強求
驅動程式想睡，螢幕暗
了一下，顯示可能壞掉了我
樹下潮溼，滿地土土的腦力
午後影音下了一場對流雨

健身

深蹲
譬如寫詩一輩子都在暖身；
箭步
像小確幸擁有十分鐘熱度
一下子就深愛，容易拉傷。

啞鈴沉重其心
不批評，只悲憫。

緊握殘骸
練舉重
忽然覺得虛無。

天涯自落地窗外跑到我眼前
我才想起
跑步機只是在原地追尋
年，節節敗退。

是傍晚了
夕陽伸展四肢
影子也有不可示人的人魚線。

孤獨伏地挺身
硬頸布滿青藤。

汗是白流了？
當歲月引體向上，面紅
耳赤對人生。

涉獵之歌

我已經過時了

我已經過時了，常常星期五等於星期四、或三。
秋涼一路追殺，葉葉皮肉痛。
我已經過時了，更新就陰鬱多雨；開機和罵人一樣會喘。
靈魂很慢，像跑最後一名的蝸牛。
時光老是離題到天國。主啊，我近了。
我已經過時了。幸好，
節儉成性、省得原諒。

失眠

一早陽光寫信，寫在窗，寫在心上
一早鳥鳴易讀，只有我一個人拗口
一早，其實已經很晚，都到中年了
輕聲問枕邊若隱若現的下半生還會陪我嗎？
耳畔卻遠遠響起松山機場起飛的噪音
一早花兒賴一縷芳魂到手機叮嚀
一早滿床都是亂刀之下的深影
一早，其實已經晚了，剩下皮毛了

安安靜靜

游泳的魚，休假也在水中
一公斤棉花和一公斤鐵在靈魂深海的兩端
鰭一般平衡

沉船雕刻大沉默
憂鬱是古老的手藝，傳賢不傳子
一切正常，像零
零的樣子，緩緩升起的海底泡影

雨中跑步

雨中跑步，綠草乖巧，樹木活活潑潑；
為了當個堂堂正正的人，喘不過氣來。
雨中跑步，口袋裡的一串鑰匙吵死了；
年輕時候，什麼都不會帶的，像月光帥帥地從雲間跑到世界。
後來回家，全身滴完了雨，我就縮水了，跑步是一種消逝的過程。
後來沖澡，肥皂泡泡不知道在高興什麼，一個一個含淚笑破肚皮。

今天來去淡水

已經沒有很多往事、卻有很多人的老街
很多人浪過，風吹過，又補充更多人
很多水泥，很搞笑，就這樣鞏固哀傷
很多吃的，「飽嚐」在字典裡又稱「飽受」
很多情人普渡碼頭，很多聲音不涉談吐
沒有潮間帶，我靠著水泥上的鐵欄杆
招潮蟹、彈塗魚、水筆仔說了很多次再見
我怎麼好意思注視落日呢，它臉紅
興建中的淡江大橋一副很有作為的架式
很多事，在秋天充滿涼意
很多浮雲，帶著心疼光臨貴寶地

要有義氣

很快認識你，你也很快
跟一個人結婚生出兩隻老虎跑得快的時間
很快追憶、搜尋，很快愛過，老去
老去很慢，很慢才懂得握緊你的手，卻很快鬆了
鬆了這肌膚，這骨，這腦
終於可以放開靈魂了嗎？親愛的
都思念了不如再用心、用力把釘子敲進去
很痛，快花完春天的力氣、丟完秋天的葉子
冬天很快在人世間堆雪人、冰雪和聰明互丟雪球
快樂很快，且慢，等憂傷散步過去
很快沒意義，但這是對生命的義氣

有時

有時我會想到公車，公車放我下來，我是左腳還是右腳先踏上地球？
有時我會想到時間，時間住在昨日裡，此刻過得好不好？
有時我會用手機查一下你那邊的天氣，託浮雲帶給你警句。
有時我會想到電梯，電梯裡的安靜是隨著載人愈多愈安靜。
有時我會懷念永遠，因為它剛剛又死去了。
有時我會想到風，因為樹批准我心動搖。

平衡動作

從長長久久手機螢幕，忽抬頭，
眼珠疲乏彈出，在地表滾動如瀏覽。
再狂加好友，再追蹤皮卡丘——放電的，不一定是情人。

一早從戶外的汗水，感覺人生大量流失。
私訊給理想，已讀狀態。理想，想也不想就不理。
怪獸們呼吸，散步，向陌生人低頭，
一起拉幫結派一起生活：
從愛培養愛，疲倦容忍疲倦。
從不遠處看見一支手機獨自發光發亮，在廢墟
看見上帝，也是道具。

六四前夕

疲倦的意思，就是很熱很熱的時候看人生很慢很慢
疲倦的意思，就是愛很深很深的時候眼光很淺很淺
疲倦就是笑了，發呆的時候不知道剛剛笑了
疲倦就是不該哭的時候哭了卻沒有一滴淚可以原路爬回眼睛

疲倦就是左手鼓起勇氣握住右手，恰巧牙齒咬到舌頭
疲倦的意思，就是時間很年輕很年輕的時候，品德很老
疲倦的意思，就是旅行很遠很遠的時候月亮很近很近
疲倦的意思，就是一聲晚安很甜很甜的時候，心很酸
燭光中，風一回一回影印側臉，沒什麼意思的那種疲倦

餓了

月光彎腰撿起黑暗
掛在鳥鳴間
聽起來像是叮叮噹噹的錢
拿錢拜訪便利商店
（便利商店隔壁住著一個明天、一個從前）

走出自動門
叮噹一聲，就聽到：
茶葉蛋也有不想繼續熬
關東煮也有不想繼續泡

雲

雲分裂成一朵一朵、一國一國的；
一國一國旅行的人，
回家後分裂成一朵一朵，異香的。
遠方就在隔壁，翻過世界就到了。

山

山去了一個人，
一個人的片面，高聳；
閂他一行嘴，杉他一個高冷，
再刪一行地平線，讓他再三踩空。
蹣跚又走來，自以為如山的人。

微微小子

荒塚的小腹，
時光微凸。
月亮可以罩我嗎？我不敢對夜揮拳。
路口粗聲粗氣帶走方向，

人潮撿起身體八方散去。而微風
微風改動句子，想成為更好的樣子，
一瞑一寸陪著浮雲長大。

泛指

前述人生，譬喻太多，不如簡單一朵花謝。
句點也不那麼想結束什麼。
多所形容，皆敗筆，只想結束你。
晚霞如內衣，終將脫去。
夜來了，來得如此努力。
淡淡月光，怎麼看都像前世寄來的一封信。

普悠瑪之歌

要去的地方，想太遠；
其實只是一啄吻那麼近、
其實只是微風遛一片落葉的距離。
秋日猛推辭，以銷魂掌，
受傷的風景向後逃。
也會有醉的感覺，
譬如經過太平洋，轉彎，
我的臺灣搖搖晃晃。列車，
那個列車嬰兒肥，

冷空氣隨晨光瘦。
光看左邊，忘記右邊也有風景，
也有受傷。
駛至中年，開始對身外放鴿子——
這樣更好（不是也好），
頓挫時對自己這樣說。

在途中

上班
半路凶凶殺出一滴、
一廳、一幢、
一座
雨。
銳利的雨
千刀殺來

下班
公車雄雄跳下一隻、
一頭、一匹
最後跳下
一刀！
半是雨聲
半是流年

致神神叨叨的穿越者們——閒聊穿越小說

我就穿越未來
或以前
落點：有時荒野、有時熱鬧的街
有時撞見天界
我可能實體也可能靈魂暫借

再刁的穿越
都不可能每次準確
好比把你架空之後

我也拿不準對你是愛還是討厭
這些年
我對穿越已熟練
熟練到穿越之後還能種田
透過命中忍不住的
一道雷擊、一個轉彎、一聲啊！
就穿越
透過生活與價值的矛盾
透過不矛盾
也能穿越

為了你，故事的最後
我盡量回來

（分享小祕笈：練習穿越，
先練習如何寫詩。我發現
每當詩人寫完一首詩，
神情古代又彷彿未來，
如歷百千劫，這是一種
穿越，多練習就會實現。）

別去我不在場的地方找我唷
但我會在每個時空留下
一小片影子
偶爾帶回不世出的一朵花、
藥草、水果、未來，以及
古代的方言，

或一次呼吸……
每一次呼吸都是我的在場證據

來來去去，忙得像伺服器
早安！神神叨叨的穿越者們
大家匆匆擦身而過
像現實生活

如果穿越不再流行
我很擔心！
在此，呼籲穿越必須合法化
並加以保護和推介
我們需要穿越
因為這是個很苦很疲倦的世界

寫意

今天換個方式跟我說話
請用筆寫在紙上
讓我依據紙的寬厚、澆薄、氣味、觸覺
知道你。
依據流動的字體想像你的身體
依據顏色追憶
依據線條解析心意
依據力透紙背的深淺算出你
你有多麼恨，又有多麼愛

今天放一些陽光進來
讓紙質沙沙沙地說說溫暖的話
放出不規則的字，滿街
冒汗走動的字
腳蹤是毛筆、鋼筆、鉛筆、鵝毛筆
依據你塗改、想歪、遲疑（寫1／2
或2／3竟然放棄），依據
依據你的錯字
瞭解我的歷史

寫來寫去

陰影將我妝扮成一首好詩。
朗誦，像屋頂漏雨。
寫來寫去，只有空氣幫我挺住。
創作，就是牽著一頭熱，
吐舌流涎，遛公園、再遛左鄰右舍。
大暑天，國家跟我一樣都是汗。
很怕歲月在腋下發臭；
體毛寫來寫去，只是癢。
寫來寫去，就像台灣的新聞報來報去

都是車禍。
寫來寫去，像風經過，
花枝亂顫而已。
沒有哪一種意義是心頭肉。
我只同意字為它自己獻身，我袖手旁觀。
不要為字賣命；它自在，
它正盼望你不在。
筆畫輕搖，羽扇綸巾，彷彿假掰。
寫來寫去，一門心思擦碗，
以為傻傻的白紙黑字就是經濟海域。
把句子捅進呼吸，
低年級的生字對血笑嘻嘻。
字越來越多的時候，
也是禮貌越來越少的時候——

狗在啃骨頭，口水特別多。
噢，寫來寫去都是身體，
像中年發福那麼容易。

卷四 瀏覽時代

Pessimistic But

跟不跟，今天

跟慈悲學投資，跟愛避險，跟時間學做一個人
跟早晨學煎蛋，蛋臨床實驗一次旭日東升

拉開窗簾，一陣複雜的風，讓我單純
一匹馬經過，一隻鷹飛來，國家靜坐門檻好像老了

跟社會一起等待落葉
我正在秋天，而它疲倦、它把人世帶在身上飄墜

跟一座花園一起等待亞當和夏娃蒞臨
而蘋果總是不耐煩的

跟宇宙一起等待假釋
萬物生長，經常帶罪；總有流星等不及越獄

跟我一起等待。手機響了不接
天堂打來也不接，只怕又是詐騙

偷偷摸摸

要摸她的牙套，摸到口水；要摸她的
話，摸到廢墟上恰巧摸過來的一片霧
摸她的想法突然她矯情地咯咯咯
笑得胸口捧花亂顫
瞬間枯萎了我
要摸她的
愛——她甩頭說不愛不愛！表情好可愛
她氣嘟嘟，動手對我切膚，要我忍住
忍住她在我的傷口要賴一輩子

瞧她模樣多幸福
像政府

櫻花樹下她瞅著我，曖昧放電
她落英繽紛地偷偷摸我、摸摸良心
摸摸憂鬱、摸到我胸口一座下陷的島嶼
她說我有病！
她勸我跟她一起做做政治活動
要活就要動，保證堅挺帶勁
她繼續放電偎我愈來愈近
她說，她不要無能
我說，我不要核能

國慶日

國慶日，
根據習慣我們放假，
根據天氣我們下雨。
趁薄海歡騰問一下上帝，現在這個樣子是否滿意。
雨中擺渡而去，獨木舟是禮拜一，
十加十不為了什麼，是為了等於自己，
是為了不要骰子丟了命運。
擺渡而去，資金撐篙做運動，
我們待在家負責窮。

一生收支結算不會剛好相抵，
會計平衡不等於心理平衡，尤其正義。
國慶日，
季節開始進入低溫，
根據經驗晾晾發霉藍圖，
根據憲法秋風咬牙切齒，根據白日夢高呼萬歲萬萬歲。

黑色之日

曾經，不，經常
被快樂棄置在一個小角落
孤燈長出暴力

唯恐天下
已亂。後果一旦想對付前因
就忘記現在
在失去愛

經文在無邊處不安，帶電的
神聖字體
喃喃之意義，請照顧自己
請離開自己
別讓十三枚炸彈一起念誦

曾經，不，經常
一切苦厄渡一艘小紙船
魚雁摺的一艘小紙船搖搖晃晃

你還好嗎波浪叫著你還好嗎
翻滾得愈來愈怒濤的人啊
人人都是自己

自己就是世界，經常，
不是曾經。
在一片槍聲中，今夜
憂鬱來安頓你

靠近耶誕節、靠近雪、
靠近手機的一則簡訊，曾經
不，經常
恐怖

如果在冬夜，討論有錢

我尊重任何非富即貴的想法，
也尊重錢對我不屑；
有錢不等於富貴。唉，這說法太前衛。
如果我有錢，
人生不如一片浮雲我願意面對。

12比11那個月多掉出一毛錢，
日曆翻身去撿，像我一樣節儉。
就快過年，
我珍惜寒風送我一身枯葉。
仰首
望天，幾朵浮雲終於學會自己思考，

思考富貴
命，說起來太哲學。

每當浮雲扶不住富貴，
總有一些非富即貴的想法自天堂摔下來，
發出大錢小錢的聲響。
我渴望摔下來，
請給我機會。

如果我有錢，
我會像太陽一樣謙卑，
紅著臉自稱小番茄一枚；我也會
接受這世界是我的信仰我的姊妹。

如果在冬夜，討論有錢，
像我這樣的旅人總算感覺溫暖一點。

質詢（或者芒種）

打雷的時候，閃電已經質詢過了，我們只好聽雨聽雨
下一輪質詢，我們滴滴答答，溼黏黏真討厭真討厭

口水，我有，鱷魚和獵物熱吻的時候也有
下雨的時候，躲雨的腳匆匆答詢馬路然後小跑步衝進國家

國家像貓一樣嗅著潮溼的空氣，想想，節氣都芒種了
巴士海峽有成群鰹魚，靈魂有飛魚，有人冒充是人來躲雨

打雷的時候，像老天拍桌，神級議題一條一條比雨絲還多
麥克風嚇一跳的時候，像茄子；荔枝色的臺上
臺下冬瓜、絲瓜、苦瓜、南瓜、瓠瓜、西瓜皆當令的蔬果
打雷的時候，暗！暗暗質詢水牛、稻米、香蕉、玉蘭花
吃番薯吃夠夠的時候，都是台灣忍不住而不忍的屁

凍算

你說你是水，我不信。
水換了造型，離開青春，做自己去了。

你說愛，不從心說出、不從行動說出。
從哪裡？隱晦的器官以及黏答答的你，都很清楚。

你掌握的票，有靈魂。
這些靈魂是紙的、懂得對你薄情。

冷的時候你緊握拳頭，高喊：凍算什麼～
政治這樣搞你、廢墟這樣噓你，你不累？

團結，度過冬天。

冬天遲到，卻裝笑得像一株金線菊。

陽臺上兩朵花猜拳，誰贏誰就搖擺一下。
一堆綠葉爭風，難道沒其他事可做？

選情

教堂和微笑之間，宣傳車
的幽靈，沿街拜託台灣
車頂喇叭呼叫喇叭
聲聲粉紅

我主，雙眉緊蹙。

水蜜桃季節都過了
各黨依然鼓脹、甜膩而多汁

果肉開釋：孤島
孤島在口舌內忍住

忍不住的
風，冷感地推了細雨一下
十一月就彎曲
夜空空的心，憋屈

馬路油腔滑調，一直
一直要行人信靠它

吃苦的微光
陰翳地叫一道長廊過來
叫長廊盡頭一個又一個候選人

過來（廊外喇叭呼叫喇叭）

該怎麼選呢？天氣和愛，

都在衰敗

選票一張一張選擇離開

我鼓勵它們務必好好孤獨

不為我主，為民主

瀏覽時代

急迫得像掉落的針
找不到自己的發聲
於是自創新詞，強烈住在裡面
鬧彆扭

為了跟眾多貼圖保持動態
為了跟電子們裝作陌生，只好
寫詩，跟自己相認。

也為了意象食療
手工熬煮，時間就靜下來

筷子就機靈起來
慢慢的感覺真好，都是懷念

繼續用硬骨頭，單調地
抵抗無數閱讀不完的血肉

反對速度，做夢一樣。
沒有暫停鍵安裝在你我之間
逃得很快的天
雲朵追不上，也談不上
意義

今天去跑步，練習追速度
讓關節面對酸痛
讓亂髮面對虛無的風

煙影

想到岩石，岩石就來了敬你
敬你影子在金門投映
是的，是的心中有口井
陽光跳入撲通
撲通一聲綠，有意
無意如同影子你
你影子反手閂了金門
秋天猜想將發生害羞的事情
槍一句話也不說

炮戰已成觀念。想到牆之酒色
獨獨嵌入一縷煙
古厝敬你影子重新修葺
你影子也曾經是可敬的肉體

致香菸

我有想要吸菸，最深最大口的一天，呼出秋風
那煙白白穿過卡住的地方，那樣優美，靈魂似的身段
猩紅，那是菸頭懷著熱心，用長空萬里的眼神望著煙
望著煙偶爾有一種遺憾的感覺，很遼闊，像煙散步去雲住的地方
我有想要吸菸，最大一口，像深井，煙是龍舌蘭科的瓊麻索
轆轤上來一縷回音，彩陶似的、宋瓷似的清脆回音
回音幽幽繚繞在一念之間，望著煙，我有想要吹散
我有想要吸菸，寬衣解帶的煙，有那麼一瞬全裸的感覺

倖存的感覺，透過白白的煙，清楚看見自己原來還有呼吸
我有想要吸菸，菸的灰也是一種色，色到浴火那樣情願

也許應該戒菸

早晨，覺得好日子就在床邊，白雲在天上遊手好閒，
歲月，窮得靜美。上網竟然沒看到一句抱怨。
打個呵欠，擠眉弄眼，
對鏡模仿壞人，它用好人的樣子嚇醒你。

中午，你的老臉陰雨天，剩一張嘴是有為青年。
你打開冰箱，拿豬肉出來解凍，它在深秋赤裸裸地發抖，
不忍下鍋，天可憐見的蔬菜蘿蔔。

你勸禮拜六去愛禮拜日，光是勸就花掉創世紀裡的五天。
傍晚你抽了一根菸，人生隨便看你一眼。

禪繞畫

黑與白彼此經常越界，像社會
教我們成灰
灰心匆匆，行人線條草草
肉身是空，腳步纏繞
在白花花的大地
歡迎大家一起著色填充
以水性的心
以油性的想法，錯了擦不掉

出色地挾持道路，強迫紅黃綠
燈，這樣就平靜了嗎？
當紫色昏倒，天將暗
時間之花在角落兀自綻放
以色色的心對待它
教它成空。何苦填滿那個空。

想起很久以前課本上的塗鴉
為我們的名人畫眼鏡、兩撇
鬍子、點痣、戴帽、著衣衫
為男性畫女性內在
為女性畫男性內在
讓一旁的文字和數字發呆
舒壓童年，療癒教育

著色著色，直到累了的手指
像葉子自然脫落
身體終於填滿了色
靈魂可以引退了嗎

花園，童話，寓言和人生
填滿色
黑白不分，高興了吧
平靜了吧
平靜碰你，又泛起纏繞的漣漪

下午

木質敦厚的
門，讀詩深刻
左邊窗櫺的木條斷句，另起一行軟枝黃蟬
從綠繡眼的鳴聲到四點鐘的距離
有一甕天空
讀蝌蚪的字

鞋印跨過門檻這次真的是離家長句
葉影唸了他好久才暫停

庭院
深深思考
陶土風鈴也在動腦

微風想了一下
也問了一下枇杷樹
心中遲疑：「他只是一個名字，解散了
卻留有微風的線條。」

詠下午

下午我載著維修工具駛往
變壞的城市
市內蕭索
彩券行門口
一尊洩氣的塑膠財神虛晃
熊牽著商業，懶懶地上街
很牛的大廈腰酸背痛

還有路樹沒事
幹麼學政府說風涼話
電視新聞嗆聲傳來……不像話
倒像刮搔玻璃的貓爪

機車罵人
巴士從撕破臉的二手繪本駛出
市囂以利齒叼我衝向快車道
我忍痛對計程車招手：小黃！
請載我離開城市奔赴前程
小黃像高溫下累趴了的狗不理我

只剩下少數無怨的青春逛街
神情一副饒不了十七歲
下午下半部絲襪穿過，馬路
硬。香水似松鼠挺立
天氣興奮潮溼
雨，
無能地垂下

漸滄桑

下午三點是青春
與中學生的交界
白天正要收束而黑夜衝出起跑點
剛剛好的眼神飛揚
如酒紅朱雀

下午四點五點是秋天
光與影歷經各行各業
那麼多故鄉同時擠進成年
旋轉門有肥胖的感覺
城市與風月都是失聯的老同學

傍晚像脆皮焦糖下的布丁顫危危
有琴音多層次拉長再見再見
一隻笨鳥慢慢飛
世界站在很外面
笑得夠邪

告退

藤蔓糾結，執意
以燙熱紅磚誦念寺牆內典籍
時光深陷章節
唯有一隊黑蟻略無曲折地爬牆外出
輕鬆像去購物

野薑花與切絲的雲朵之間
一人西斜

幾個單詞喃喃吐露，準確如播種
寂靜是淨水啊
悄悄有芽掙脫，起初嫩青
繼而果敢綠
繼而寺牆外一輛黃色計程車隨喜經過
這日，健康無誤地秋天了

微風的個性也曾輕浮
也曾壯志煙高
到向晚漸漸穩重，妄念轉為
舒服……當
紅塵睡了
一隻白鷺鷥告退到天外

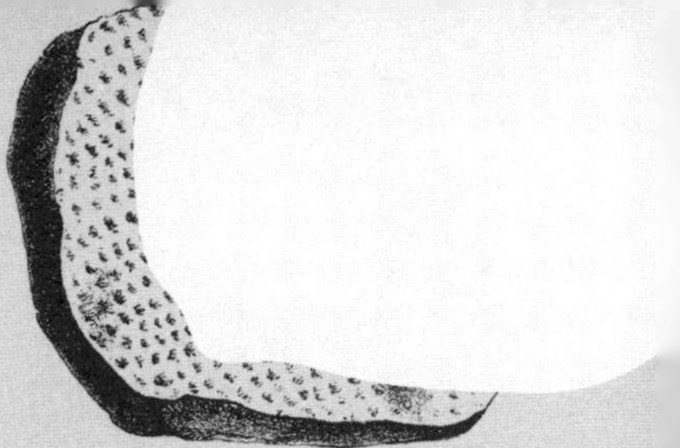

卷五 今天好好（組詩）

Pessimistic But

公寓導遊

論屋況

這身體
這心
整修中，就像這公寓
如何控制在極簡
的句子裡變換裝潢，推翻磚牆，又重新
定義生活，愛，小細節和大型系統，
然後等待

下午
天色邁入前門：白鬱金、蜂體黃、橘灰、青灰、靛灰
這次第
就要夜了這公寓
啊這公寓更新中，就像時時刻刻這心這身體
這臉書
這
詩

蘋果綠之女孩房間

剛剛剪了短髮，
面對長長人生。
夏日是帶電的肉體，

藏在草葉集。
出門，
雲雀在外都是青春期；
回家，
已經枝枒修長的樣子。

水手藍之男孩房間

綠草地與陽光之間
一顆激動翻牆的小白球靜下來……天啊
界外喧囂
界內本壘處一支緊繃的球棒偏左
而藍天繞場一周
而雲和十六歲起初跟著慢慢跑

突然很衝，對未來
帶種

浴室

憂喜微調，冷熱參半……
淋浴的心，
水水的此刻，她
走出一具瓷，
滴著一句詩。

廚房

白色流理臺

白色壁磚
白色經過白色，互遞影子。嘿嘿
爐痴
爐醉
如
主的日子。
架上，有刀！陶器逃跑，據說暢銷唐朝
也好也好
我更愛杯具，瓷的氣質，音色像古希臘羅馬的樣子
突然
風吹紫花白紗窗帘，小露思緒：
飲食男女
愛
煮的日子。

客廳

更換水電管路
跟生理有關
避免外漏而已
亦跟思想一樣看不見，防止走火而已

細節敲打既畢
磁磚縱橫謀劃每天踏出的新方向：
看我如何走跳在地
風光，看我如何自省在宅斤兩

一旁小小閣樓向上
有梯，有格，有骨

架在木質的個性
客廳茶几有花陪我留意電視裡的國家
再一旁有架勢、尊稱為書的
難以結夏安居的、不應該
或應該的
字
字游來游去粼粼熠爍，客廳相對淡泊

主臥房

黃昏穿越彷彿
的窗似乎
跋涉過生命長途。——不是累，是夜

是夜來了
LED燈長出橄欖枝葉
光合作用我
我之模樣省電、環保，足夠
已足夠看清自己了。
情趣首先
自巷弄攀窗進來，文化其次
舒舒柔柔推送一張床
像一艘船
行過之瞬浪癒合浪……
夜泊臥房
夢吃水三分之一擺盪

外島誌

1 他們說

他們說它位置很特殊
恰巧杵在
要或不要這世界之間

他們說它經驗很特殊
海過、酒過、戰過、和平過
靜過——更只是被經過

他們說它戰略很特殊
一群分離的各式標點
共同愛上一首不想要符號的詩

他們說它際遇很特殊
吊在杯緣的半瓣夕陽
逃過陳高的傾力偵察

他們說它很特殊
「他們」是指想賭的人嗎
「它」指的是命運嗎

2 每一天都是戰後

有沒有天理推門進來告訴你
現在是好時光，置戰況
於空曠。自由的空氣流動
藍與綠經過多年長成白浪
愈靠岸愈淡薄一波波欲望

有些年紀的街正在瑜伽
大坵小坵硬拗身段蛙人操
神話之鳥每一閃思考皺起來晚霞
點亮島，高登而上
心頭六百多階

浪蕩著新語彙，發音如此
翡翠；小白船如此生猛超越
反共標語。愛是地底的堡壘
如今開放一切石頭傾聽
人間如此堅硬
每一顆心都是被操過的兵

3 赴約

雲穿軍靴在天上追
將大海踩成藍與黑

提早了一輩子赴約
那座島嶼地址寫著永遠

未來，請等一下
前面有鬼

彷彿鄉愁
嚇人之後，略帶陶醉

月亮悄悄在改變
是心中有虧欠

如果島上八月就落葉
該不會秋天對什麼誤解

小油菊花漫山遍野
像愛，綻放最前線

東湧陳高搖晃今夜
黑尾燕鷗叫著沒醉沒醉

野薔薇是孤高的仙
站在國之北疆舉杯

4 月亮

龍舌蘭家族的瓊麻尖叫：敵人
有敵人空降
原來是刺龍刺鳳的月亮

把世界視同一隻身心俱疲的軍犬
低聲下氣依偎在經濟腳邊
閩東潮發聲似醉了的鐵鍊

天涯，只剩踟躕
寂寞是戀人的指揮部
在孤島與微笑之間建構地下網路

衛兵挺直，海湧來舔
鹹鹹而危險，像文學
更像血！但我們沒什麼可後悔

如果還能寫，戰前寫，戰後寫
餘燼被灰心繼續寫
十五夜，礮打月亮成句點

5 態度

風一開門就有生意
即便三山壯麗，也需要醫療
影子敷藥，雲包紮
蒼鷺、軍艦鳥、灰面鵟鷹臉色
嚴肅地討論人間病情
骨氣湛藍，沒有航道會逃亡
拂曉的繼光餅在嘴裡充滿行軍

秋天是鐵鎚，捶得正午發燙
奪命海芙蓉伸進幢幢危壁
老天應聲跌落，來不及一聲粗話
大海每天吞了島又吐出
入夜的月亮就又瘦了，就又這樣

一天了，沉默
啊，沉默比流星更無家可歸

太白的濤聲多次修復燈塔
在塔上張望從今以後的每一天
健康，有愛，讓媽祖聯袂大自然
讓喧譁的世間高掛石尖
讓黃魚繼續寫超過十萬海浬的信
如果還能寫，還能微微閃光
任憑海盜以卡通方式搶灘
以歷史方式藏寶，以天地
無聲唸一首哀傷的詩
卻失態噗哧

6 抑鬱

異域彷彿的天空下
海釣者豎領、捲袖，一副要跟世界衝突似的
外來的領袖巡視，以後退的步伐
國旗不明確地飄搖，燕鷗姑且黨聚
戰後的生物體溫低於戰前
一隻蜥蜴趴在岩礁試圖理解石頭的鄉音
四周適合膳宿和發獃，因為它們是忠誠的大海
崖邊目空一切的蘆葦
發現大海有邏輯，以及
悲傷的定理
有人用兩隻腳上坡下坡去貼近地底輾轉的死者
與彈殼。冷空氣都是槍傷

防空壕是否聯結天堂
水鬼迄今相信在外島比在內心可靠
多年後讓時光精選一首詩統治吧
唯一的正業是面對自己
天空下彷彿的抑鬱

7 冷靜

戰機載著天空
降落跑道
兩旁花草樹木享有
被時間拋棄的阿兵哥未休的假期
撲倒在斷垣下的鐘聲，有殺意
像燙熱的石頭被翻面時吐出一絲陰風

也有堡壘的精神歪斜
當地的報紙秋風了
大標題轉涼
過氣將軍的名銜降旗至版面底部
酒與自我
同時撿到冷靜
如果還能寫
寫一篇未來吧就沿著筆直的跑道再度起飛
飛向蒼茫心內

8 駐守

海凝視船行方向，含著藍眼淚
大約四五月當時有一聲嘿唷，翻落左舷

時光搶灘如部隊
戰爭與和平如何兩棲呢
媽祖定靜示範慢活，以線香的態度
護佑每一個小道消息
石屋在休閒，夜夜以人字砌、以亂字砌
自行組合想法，又分解
在苦戀與戰情之間
文書兵們是移動的堡壘
戰服很野，相互丟擲體溫
擲遠了就到達故鄉
聽見星星充滿槍響，夢見珊瑚伸手抓船
魚掀開被子猛然起床
一夜未闔的魚目有的在此岸，有的在彼岸

9 高粱酒

（來了是誰從哪裡來了）
透過窗，回傳
一名綠騎士。他經過一首軍歌
中山堂有光復般的回聲：
東飲、西飲酒
東舉、西舉杯
南乾、北乾杯
酒精害羞得像死亡一樣純情
醉而晃的星光站在枕邊以眉目下棋，
布局，發動世界孤立在外島之外
（來了是誰從哪裡來了）
海桐之聲綠又綠

色遞出情，連接東引西引
酒卻白得沒有什麼含意
在佛法、在網路邊境
一名綠騎士引爆陰影
花崗岩吼得滄桑，硬是壯闊
亂世自側面解釋菩薩的鐵石形象
都說是吹彈可破的月亮
月亮脫韁成母馬
馬背上一名綠騎士，他經過鬼故事
撿拾前浪
而蹄子向後刨出悲涼
坑道以酒精四十五度斜斜望遠：
四十九艘藍艦載著沉沉的銅夢駛入靜脈
沿途遞出鳥叫一樣的身分
（來了是誰從哪裡來了……）

10 理解

月亮脫掉黨營光害
頭上綁著茉莉香
做自己最漂亮
比床前、比鬢邊更近的霜
探看較思念更遠的地方
有多少年樂觀經驗的蟋蟀
一聲聲泣訴放大為海
海鋼盔，海膽，花蛤，
淡菜，佛手……來辦桌
酒凶凶刈過一席野餐
麥蔥嗆過夜暗

歷史也鐐銬鏗鏘地跑過崗哨
死亡高喊口令口令茫然

直到朝霞完成此生最美的一笑
脫下濤聲掛在坑道口成皮影
黎明聳聳肩，太陽略略偏頭
可愛上升如旗
感謝時間與穩定，磯釣你
你好，今天
手機無法收訊，才知道存在

海浪之下句子連著句子
一艘寂靜，喧囂地回返港灣
遂想像昔日工事乃啟蒙之書

翻書的小動作是星爆
風攬著太意外而失眠
一排一排年表洶湧之後老殘
下一代鄉誌漸有血色，圖文俱壯
方言夾起舌頭卡蹓
日與夜每一次眨眼，翅膀都有想法
名與利雖然起伏，鳥淡然上下
總想從天堂刮一些鏽
給仰望。啊，九月
九月有幾個日期跪下來
刻上海盜的記號

埔里筆記

猴年

猴子在一株樹杈打坐，牠切換到靜思模式：跟月光一樣、跟學佛不同。沒有屋瓦、偶爾搔癢。蛇無有不捨地滑過——荒草前傾，一副永不回頭。

經過

早晨經過庭院，
微風咬走身體，

靈魂一時呆立，泛白，如桂花。
香占領全部念頭。
又想想，命不該整理，草草一整個庭院吧。
庭院之外是學生餐館，
時間與蛋餅撒點胡椒，
那霧，醬油不沾地送來，輕輕淡淡，除了鳥聲口味重。
庭院前石階，
陽光一匹、黑狗一隻，都有微笑。
唉，
庭院之深，
比不上鞋聲。

樣子

草一度立志滋長他的眼窟；孩子撿起他的頭顱，在復活節，草草繪成一顆彩蛋。
春風吹啊吹，吹他像一枝草低頭祈禱一點露，吹他樣子像活的。
復活節，飛鼠一樹一樹地跳行讀經，野寺長跪，木魚什麼也不想就發芽了。

太早

一個理由，詭譎地追隨晨霧起床。床頭的靈魂一半撫平、一半升起這身體至竿頂之
上；草莓色的雲，在飄。
老天跌落一湖一湖的倒影；跌落不一定骨折，如果我的心已經是水了。
想起昨日，身體被超商和網路書店打折，傷了腰；時光為我斷臂，在鐘面，依然走
兩步退一步地向前。

牙牙

醫生，我想要鯊魚或豹的牙型，身為人這樣算不合群嗎？
訂購了二顆瓷牙（內層是 999 純金喔，比賤命貴 7.1 倍），盼望今後一切讚美不容
易脆裂，飆罵不會脫口而出。
用植的，或者用鑲的？我在考慮。
不管如何，對治兩牙都得先磨，像夢話磨牙的那種磨法。磨，指耐力。磨，也指折
磨。磨有時解釋成拖磨，愛或不愛都一樣。
醫生說，瓷牙外層選用隕石的礦質，因為來自星空，言語閃爍是副作用。
治療時，醫生你會不會窺探我喉嚨深處吞忍的東西呢？
舌苔沒有羅襪上階綠，味蕾沒有月下鞋舞雪。醫生你鑽，再鑽，深入根管幽幽心酸，
我沒辦法一邊張嘴一邊向誰傾訴。
拜託！死後火焚，要像隕石磨擦一樣高溫，不留舍粒子也不留假牙。

運勢

天下的綠草大塊大塊努力調整陰與陽，有些微的青春像蛇一般切過黑白，其運強勢，其氣四兩撥千斤。

走在校園，老矣，懊悔都源於渴求。

本週由於水星退行，在電子郵件、在電話、在跨過污水溝時，屢屢中槍。最好的人際關係，總發生在最不相信自己的時刻。

本週太陽和飛豬星座角衝，老馬星座和歲星退行共伴，混亂失序。

小鷹星座進入處女座主旋律。務求簡單，寧靜，如香檳杯緣的微沫情緒，終將一口仰盡。

在學校餐廳，見女學生面對一碗寒冬月色的湯麵，神態豐足；然而月有陰晴圓缺，筷子挑破蛋黃。

本週注意歲月，適時忘卻；交友宜慎，但可介紹我的靈魂給陽光認識。

雙魚座不宜獨行；校園天色，則是一抹恬淡。

願是筆記

筆尖轉彎處：一座春宮裡一株枯木勾住一縷幽魂聊著文學

並非我穿上漂亮的衣服，衣服就該為我活得漂亮

眼鏡片在人間混了一天，就為了模糊一個人

宣傳活動好長好長像油膩的吻，那是寂靜與寂寞再婚

人用身體來贊助，空間就有了更荒涼的感覺，座位讓屁股擁有人間定位

擁有一個人獨自，卻離自己好遠，幾乎撒哈拉沙漠到冥王星的距離
抽芽，像跳一夜西班牙舞步；舞罷掀開枝葉，看見許多星星尚未被許願
我在陽臺乘涼，吹送歲月；我還有春天，只是不再怒放
走過巷弄，覺得很機車！我們相識嗎？你是一股廢氣，氣我那麼廢
公車單調重複地走同一條路線，老覺得公車有深刻之目的
自由，平等，博愛座上一個穿中山裝的男人明明看見我心痛卻沒讓座
我把肺喊出來，空氣把它抓回去；就這樣玩著呼吸，對命抗議

輕撫一陣小雨，靜靜對小燈聊點什麼吧，暗巷老是插嘴

世界上等待我最久的，是心事

一直想下去就沒滋味了，突然獃了一下反而耐人尋味

反正難關——就讓它敞開著吧

秋天是函數，每一片落葉都會對應一顆心，給自己時間就有解

落葉每一年都在調整姿勢，倦意比秋意深刻

墓草豐饒地起身，伏在石碑寫下：「走了！」走了極遠，岔路開闊一笑

搭得恰好的耳環，是下得狠準的標題；耳環戴得怪了，像詩末加注釋

像蝴蝶腳與嫩花瓣的那種接觸，是髮夾

前座那女子後頸露出黃昏啤酒色的項鍊一小截，像公車顛顛地偷笑

手帕比面紙性感、手錶比手機淡薄、紙比螢幕記恨

不下雨了，就不知道老天在想什麼了

晚安以後饒了一天，一天的隔壁還有一天，再下去就是晚景

愛，就像親戚，有很多閒言閒語

想深了，就通透，通透了就沒人間滋味

塵埃繞個遠路，於深夜落下，就在酒和植物之間，輕輕想跳舞
活著，還活著啊是一份大禮，時間是貴人，提拔滄海一笑
若我想逗上帝發笑，就告訴祂我的新希望；若我想笑，那是我的敬畏
十方世界都自稱十七歲，而我如此疲倦，一路上經過車窗的樹讓我落葉
異鄉為電池充電，相機吃過風景，嗝一聲聞起來都是月光
角落那個春天弱弱地埋伏於壽命，烏鴉讓石室的想法滿天飛
在德語和氣球之間，古老的小孩穿過庭院，一名猶太牧師轉身鬥上藍天
披褐懷玉的冬樹指揮禿枝，灰雲正在歌德

晚安以後

對的

你是對的，你在天空第三朵雲的旁邊，注視那神年紀輕輕，十七八歲也會犯錯。彩虹像寵物趴在你旁邊，你正搖椅，跟星座一樣慢慢變老，老是一種才華，面對花花世界都能打瞌睡。

23：08

想像你正在做一件事，半途被打斷，從此做了另外一件事，成了另外一個人，除了繼續變老，年輕也無事可做。

你一直想要回到最初想做的那件事，回到最初的那個人，唉已經死了那麼多年，還是一樣年輕，當時除了繼續想像，也無路可走。

呼吸

你小心珍惜這珠圓玉潤的一絲絲吐納，突然，空氣虎虎地咬你一下，你那好好孕育著的品質自傷口湧出秋香色、嬰兒肥的志向，你就整個虛了空曠了，如果一隻花豹正好奔馳於這虛了的空曠，錯過再咬你一下，錯過的感覺比咬更疼。哎，時光過於輕浮，總是太快太猛地為你這身虛了的空曠填補，以致你來不及孤獨，就發福。

酸

前往生活，挑骨頭；很多硬頸、很多反骨老了，關節有時會酸。

硬心腸有了一些年紀以後常常覺得酸，狠不起來的那種酸。
光陰端出水果，造型年輕，有文藝的哏，嚐起來檸檬；百香果般的字語，百般不想酸，因為成熟並不一定是甜的。
早年路邊的芒果青吃不到了，童年曾經無比寒酸，錢也寒酸，不分四季。
肌肉那麼酸，爬坡，總是積極向上，到如今望著前程手腳在抖，不是害怕，是熱身，放鬆最重要。
眼睛那麼酸，都怪看太多灰色人生、繽紛世界。

甜

那天看棒球的時候，看到他餵了一顆很甜的球。木棒細腰瞬間全然倚靠一顆堅實的球，清脆一聲回答，天空都聽懂了。球飛向雲朵，愈遠愈小，像一小顆白巧克力沾在棉花糖上。球再也沒回來，他愣愣站在投手丘聽見歡呼聲像甜甜圈一個一個往上飄，打擊者也已繞完甜甜圈的球場一圈回到休息區。他仍獃獃站著，微笑仰頭尋找棉花糖上面那一顆巧克力。投到第七局是有點餓了，他覺得今天陽光是金砂糖，昨天烏雲是咖啡冰糖，前天夜間賽的月光是霜糖，「糖的個性一直就那樣，甜，很難改變。」憂鬱是甜的，他刻意餵一顆很甜的球，讓自己被敲出去。

秋天裡

幾個長得像獅子的字，逆光睨視，它們移動，每一秒鐘都有三十年的緩慢。風在樹上撕扯，血要等到傍晚才流出，氣溫驟降了，沒有任何心念，沒有任何存在，沙漠在禮拜日攤開慵倦，什麼都不想也彷彿想著。兀鷹像靈感，飛走了就跟人間分手了，只帶走牠自己和姿態。幾個長得像獅子的字，旁邊跟著更幼小的字還沒學會獵食和意象，漸漸夜，充滿戰場的時刻來了幾隻蚊蠅，振動手機。

今天去參加溫暖

今天去參加溫暖，雲一路跟蹤我，進捷運，列車振動，提醒我抬頭看一片大好天空。
秋天總有一些風要吹，總有一些葉要落，這世界總有壞人跟好人一樣不想死就乖乖
走斑馬線。
今天去參加溫暖，決定不帶傘，萬一淋雨也感覺我是晴，我是晴，今晚會看見星星，
看見久違的內心？
像時間一樣突然跑很快的蒲公英，穿過空氣，恬恬靜止在九月，秋天總有一些風要
吹，總有一些葉要落。

食之味

一杯水些些波動，映影逐光，就有了小小想法經過午後的大寂靜；一杯水大口經過
脣，就騰出了一個傾訴的空間。

也只是一杯水的時間……。是時候了，人生問我：「刷卡或付現？」可我不過坐了一會，還沒嚐到什麼菜呀。

書

白天，書架上的書全飛出去覓食，因著沒有心靈可吃，這情況很久了；書們在天空排成歪歪趔趔的人字形……。雲懶懶散散，被你無償偷看；有一陣沒一陣的理想，被風歪成那樣。飛飛飛，書頁匪懈，主意是蟲。天那麼空洞，鳥缺內容。入夜後，群書歸來，焦躁疲累地盤旋，想起一整日，沒有眼神可棲止，沒有一次被讀。

新的季節

新的季節到來，停下腳步，喝午後的茶，選一支鋼筆寫信，面向遠方讀心，聽耳語，被自己祝福。

新的季節到來，悔恨是有的，苦味也是有的，給自己加糖，騎一匹時間的綠驃騎，對深淵大喊我喜歡你。

新的季節左手撫著右手，讓月光趴在肩頭，挺直腰，微笑，叫自己一聲親愛的。

親愛的季節到來，長夜盛情款待，給落葉算命。

李歐納．柯恩之一

難得和鄰居的貓一起趴在地球，望著松山機場起飛的東西，白色噪音中，浮雲正在老去，胸懷空曠，所有陽臺上的花都有一種想要墜樓的樣子。

難得桌上一顆橘子陪我看看電視：很多人搶談一個很遠的人，而很多人自己身旁沒半個人。

難得再翻一次《渴望之書》，「注視我，李歐納／最後一次注視」，然後用肉體一樣的詩歌覆蓋，靈魂怕冷。

今天結束之前，不要把黑夜當真，風的菸嗓打開，吉他與指尖獨處，野薑花醉醉哼唱，難得、難得像聽見羅卡還活著一樣舒暢。

李歐納．柯恩之二

這樣的嗓音是夕陽和瑪莉亞許諾的。
青灰、銀灰、橘灰的嗓音飛出胸膛，被老和尚噹一聲收進銅缽。天邊的雲朵和神仍在振動，刺鳥般振動。
這是男人，男人渾厚的嗓音滑過危險的女人，像一顆露正滑落草尖。
這樣的嗓音在脫俗和還俗之間。
冬天正在跟自己熱情相對。愛了，就靜默了。
輕輕點壓吉他的弦，小雪自小指滑落。而嗓音跳一夜探戈。
這個男人老了，住在永遠那邊，也還抽著菸。

致　深情惜別的安德烈·塔可夫斯基

你跌倒你同時撿到大地上最後一塊夕陽，攜回雕刻之，一生中的一天就慢慢成型，再下幾刀眉眼，就有了光陰的感覺。

你甚至爬行著仔細在人性中尋找神，打算給祂一個位置，看祂演出煙的樣子。祂總是無法成型，總是裊裊，迴避著蜂擁而來的祈禱。

看

看著凋零，也會一時興起，在手心寫幾個年輕的字，像苞一樣微微握拳，字皺著難過的臉。

看著年輕，也會一時興起，讀幾個古老的字，像槍一樣迅速發射眼光，字仆倒在心臟旁，冷冷看著血流動。

看著雀躍，這世界靜靜坐在臺下看著雀躍，一時也不知如何是好。

誤

穿跑鞋下樓梯，一直下，跑著下，不知不覺就衝進地底下，遇見很多雖小的靈魂盤根錯節、遇見很多噍氣的種子，種子旁很多埋冤的垃圾，互叫親愛的。

討厭

討厭一些詞，今年討厭聽到「勇氣」和「力量」，希望勇氣和力量趕快過去，我們就有了體諒怯弱的心。去年討厭聽到「紓壓」，這件事一直沒兌現不是嗎?更早之前討厭「幸福」或「小確幸」，它們終於過氣了，「不幸」還是挺硬朗的。

討厭詩，這是健康的，也是奢侈的。

討厭麻木，麻木的時候，胸口進駐殭屍，一蹦一跳，誤以為是天真活潑的心跳。

終於懂了的時候，恰巧也累了。

累了是因為把垃圾分類養成一種習慣，而不是當作每天的一份心意。

頒獎

他領走一段很遠很遠的路，就近放入口袋，不時摩挲著，感覺像一枝鉛筆，想寫，寫他的背影——那時他撐開傘，雨絲偏頭望他，他被一段路很遠很遠地領走。

沸點

水燒開了驚聲長逼，像肉體，通常青春都叫一下子而已，你像蚱蜢跳起來將冬天裡的一把火關閉，然後自己和自己抱在一起。

如果寫

愈寫愈少，那可能是知道的愈來愈多。／愈寫愈多，那可能是知道的愈來愈少。／寫得不多不少，那可能是養成了習慣，習慣了，也就沒才華了。／寫不出來，不可能是瓶頸，是愛出了錯。／不寫，那也不一定是在讀。／不讀，那可能是一直在寫，寫別人不想讀的。

競賽類

跑最快的，是健忘。／射最準的，是脫口而出。／舉最重的，是一無所有。／跳最高的，是虛空。／擲最遠的，是想念。／踢最好的，是政客。／打最厲害的，是海峽對岸的浪花。／摔最慘的，是夢。／輸不起的，是不會贏的。

掌握

未來的每一天，都在看衰今天，有時少一點、有時多一點。未來總愛超前，卻忽略，永恆只是一眨眼。今天我手中握著一顆種子，命運保存在裡面，發芽時意味深長一點點，強壯一個哈欠。

恐怖分子

把冬天改成飛航模式，你就像綿羊一樣在手機深處睡了。綿羊在夢中數著一隻你、兩隻你、三隻你、四隻你……

霜白的空氣一動也不動地與呼吸僵持，不知道你現在是否活得更危險？維安動作是關機，將悲傷和肉體隔離。

小人

小人雖小，力量大，小人愛你，你就會自大。小人是科學的，在人性的誤差之間，工於算計。小人是一個動詞，產出大量形容詞。既是小人就難成敵人，敵人通常裝成君子。

度小月

悲傷的時候偏偏想到幸福，獨自抱著月光，像抱貓；靠著萬物的假動作，月光突然跳走，我獨自暗了。

想了想

李鹹糕、春明餅和熱薑茶在紅磚屋外，靜而甜。空氣冷眼看穿毛毛雨並不是雨，是姿態，輕輕斜過人生。

每一種珍惜，都懷藏一句對不起。

練習把一秒過得長一點，就能看清飛來的暗器。

倚著紅磚牆修理鋼筆，都說不寫了，筆芯卻無故滴淚。

鄉土種出旅人和在地人，人人都是蘭科，多年生草本；而花開，像慢慢綻放的拳頭。

光陰都是前輩，看起來深遠，接觸時不明顯。

跨年直播

事實上，神們也在天上直播，神手一支手機，心想，啊啊原來這就是跟煙火一樣的世間。

過去一整年，神在雲端硬碟收到滿滿的禱詞，最後一天最後一晚正加班統計分析大數據。當明天太陽升起，請查看手機訊息，如果有神社團邀請你，請按加入，往後一年，若你的心與神毫無互動，就表示你不信靠祂也不敬畏祂，你會被踢出，墜回茫茫人海。

如果煙火跟人討論環保問題……反正沒人理，超想睡的，煙火對人感到很疲倦。

如果煙火疲倦，而且美，那表示忍痛燒了許多錢，神祝福我們來年更節儉。

舞台上歌舞昇平，願我們不會變成三、變成二、變成一，變成零還大喊 happy……

如果我跟煙火一樣，朝夜空而去，煙火滅了，直播的鏡頭裡剩下黑夜，若我久久沒有回來，那表示這次我跨年、跨得無比深遠。

童話暖冬

去年小王子送的圍巾還沒圍上一次，頸子就春天了，腦袋開花——「花總是表裡不一，」小王子說。

去年的夢，像青蛙還在等小公主實現承諾，巫婆的詛咒是必要的故事效果。

這是個暖冬，賣火柴的小女孩沒有演出凍死，你看不到她嘴角的微笑了。

美人魚浮上時，以為海平面升高是因為她的眼淚，其實是暖化，元旦的第一道陽光灑在她身上，她知道，去年已經愛過、心痛過，化作泡沫她是甘願的。

這也是安徒生自己的故事：雪人和火爐的愛情，初步挺過來了，忍痛融化一些，水滴會在春天反射彩虹。

午夜十二點以後——變回灰姑娘的，是時間。

童話結局，都是已知的，新的一年唯有改編。

刀刃

今早刀刃生機勃勃，「沒生鏽。──但是，發芽了！」我邊納悶邊摘下嫩芽，每摘下一個芽就冒出血珠，一滴滴咬痛刀刃，刀刃開始變為淺褐深褐、萎縮得像指節一般粗糙……當晨光透窗，照見我手中原是一枝櫻花正綻放。

逛街

那天去逛街。想買某地毯，泰國製造的，我偷偷捏了地毯，它驚叫一聲，聽起來毛毛的，像鬼片。想買一個砧板，竹製、烏木製、塑膠製，考慮半天，刀很為難。想買小一點的砂鍋，分量正好是女兒的十六歲，青春都說不會打折。

巫言

女巫手中一串念珠，108顆，輪轉著。她騎掃帚飛上天的時刻是深夜，不巧發生規模6.6的地震，念珠在空中恰恰斷了線。念珠，離散。我問：「這是徵兆？」她答：「這是馳援！念珠顆顆前往它們關心的地方。」「那麼，念珠如何回報消息？」「用手機，它是更強的念力。」

封鎖

從今以後，我取消名字。……「喂！」祂開始這樣叫我。我沉默不應答，卻伸手一下把神點亮，一下把神捻暗，燈都笑彎了腰。祂對我已經付出最大的耐心，曾經愛我，日日接受我虔誠的微信。

從今以後，我取消名字，跟祂陌生，試探祂會不會重新掃描我，條碼找到心靈，加入彼此，然後聊些天上浮雲的事。祂靠近我、果真靠近我，我從祂深瞳之中看見漫山遍野的名字被封鎖。

桃花

刨了身體許久才看見桃花源，沿血脈而行，終於尋到天堂小小一個入口，左近神光晃晃悠悠，我手腳很輕，落英凝視我，我繞過一叢苦修的荊棘，被邀的和被妖的青鳥，忽然破音，如爆竹，嚇我一跳。

漸夜，天上撲克星座、麻將流星雨以及一億個靈感，懸命於茅屋窗口一串小鈴鐺。

我走進茅屋，鬼牌藏於左手心的心上人把我翻開，胸部開春，宜播種。

叫來舌尖纏繞月亮，叫來銀河布局更多吻。

第四根肋骨處一條高速公路穿越花色床單，野生動物迎面奔來。

你的頭掉在我的大腿上，睡了。月光微透，如佛。

床

頸子像煙一像直白，虛空繚繞，親愛的這個冬天圍巾用不上了，選一種奇豔紙作為早晨的皮膚吧，幫我寫字，讓我充血。孤枕收到你身體郵寄而來的訊息，走海運，伴隨雲和雨而來，閃電創造至尊的一瞬。

布拉格隨筆

摸情詩

摸到時光如捲髮金色的，就摸到布拉格。摸到藍色，那家書店的藍色，比卡夫卡要淡多了。摸到黃金巷，就摸到波西米亞的頸項。想和塔尖聊聊鬱金香，想和小鎮一起長住童話。摸到紅屋瓦，就摸到天意往下滑。摸到你就摸到融化，雪預報你就寢了。摸到米蘭昆德拉，就摸到路啦，不選哪一條路走，不在乎從此人生一樣或不一樣。不想摸教堂，鐘聲和禱告老是不同調。不想摸到遠方，很怕白日夢太嘹亮。

聖維特大教堂

於是我放棄一切攝影，眼睛，因為它們無法捕捉那些彩繪之光、暗香、溫度，無法捕捉立柱的素直、信仰的隱藏版，於是放棄我心朝向聖像，放棄身體動態，放棄覺知周遭人群，我只仰望，像盲者仰望一支黑到發亮的羽毛飄向、飄向神也搆不到的地方。空間提拔我，讓我積極向上，接近天使的感覺，讓我認識羽毛，成為羽毛的感覺。……而我駐足最久的是木質告解室，紫色門簾微開，這小小室內才是神與人，罪與罰，愛與惡的時光通道，慕夏的彩繪聖經故事眩惑了思考，都忘了來此最重要的是告解，對自己，透過一扇斜格條窗傾聽內心，傾聽時光通道駛來的舟子起伏搖晃，傾聽一個念頭又一個念頭拼成玻璃彩繪，參透著光。

查理大橋

站在哥德式橋塔俯瞰對面城區，啤酒色的天空，紅瓦，冷靜的三月，從相機背後永遠無法看到真相，譬如迎面緩緩駛來的古代幽靈馬車，坐在馬車上的歷史比我更像過客。時時刻刻，有時人生感覺一個人，有時一個人感覺不到人生，一些捷克語輕輕撫過橋欄上的三十座聖像，對於不曾懂得的文字，更要綻放耳朵，聖像說：因為不必懂，聽起來才是音樂。譬如，風只是一種感覺，風沒有想要懂你的髮飄飄、你的骨咯咯。這橋走到第九遍時，才發現住在橋墩邊的卡夫卡注視我，不不，他是蹲在橋墩數著月光數著橋面上的磚石，他背後小商店有寒鴉圖形的招牌，生命與靈魂都從橋下流逝，哀傷淡淡，每一個童話背後都有濃霧般的故事。

波西米亞

波西米亞的三月奔向我，各色餐巾紙搜集我起居的花樣，我用雪花問問塔羅牌，春天削尖答案。古典，野狼似的沉默。枯樹張望鐘聲追逐靈魂直到不知去向。神聖雕像對我指望；祂垂下眼簾，冷風左傾。

布拉格某小孩

這小孩，用神情創造一座動物園
這小孩綻放鬱金的腦海、綻放奧運體操的肢體
這小孩抱著玩偶，其實跟抱著俗世一樣會累
這小孩跟作家很像，拾筆又馬上擲筆
米蘭昆德拉像月亮的小孩，而卡夫卡登上銀河鐵道直接繞過月亮
這小孩長大後會投身教堂的玻璃彩繪，立志讓自己透光
這小孩長大後不吸菸，但很難避免孤煙的感覺
這小孩牽著金髮碧眼的街弄，跑得滿城盛開，包括火藥塔上綴滿獻給基督的花
這芬芳如同小孩，共和國最初的狀態
這小孩未來也有失敗，所以趁現在美得超厲害

布拉格一句

重點不是紅屋瓦，而是在瓦下安頓；重點不是旅途，而是如何在這世界小住
重點是人，當你捕捉不到身而為人的感覺時，你就不風景了
重點不是橋，而是橋在想什麼：為何身骨那麼鈍重、為何心懸空？
查理大橋的聖像胸前被撫得金亮，重點是祂曾被丟入伏爾塔瓦河底嚐盡黑暗
城堡裡沒有一尊聖像愛叨念你什麼，你為什麼老愛在聖像前走來走去？
石頭印證只有寧靜是活的，不死不活是拿來形容人在行走

彩繪玻璃必須在距離之外，太靠近，禱詞看起來就是小色塊而已
天文鐘注視各色人種，某些星座太胖，擋住命運
醜在風景中占一席之地，愈有器度的風景愈有美
美麗而厚重的窗，在早晨看起來像一襲冬日睡袍
五十匹野馬對一片空白窮追不捨，沒有任何時刻像現在的空白一片好景色
從腦出發，往心裡去，去載回柑橘和柳橙和圓圓的日子
巷弄煉出彎彎曲曲的思考，甚到潛入地底還在思考金礦的提問

月亮背對巷弄，幾行詩句在鄰里間慇懃走動
紀念幣上的卡夫卡長得一點也不像他本人，憂鬱太亮，凝視太沒有針對性
戰爭被三月看見，芽是武力，枯樹冷眼愧對時間
布拉格定居我身，鐘聲鬧紅快綠地闖蕩，撞到一個哆嗦，才發現我是過客
終於了解命運的質量固定不變，所以愛你恨你都有限
一天一個名字，我們就這樣發表自己、就這樣來不及認識自己
以草本護手膏的氣味指向大教堂，大教堂如圖釘發亮，穹頂有上帝的拇指紋

在市民會館，麵包和麵包扎實地討論慕夏和圈圈，叉叉對付隔壁的火藥塔
三顆荷包蛋，兩根火腿，時光與胡椒一起灑落，果汁被壓榨，不忘保持甜
露珠鎮壓一枝草，笑忘由它，當春天經過米蘭昆德拉，感覺有肉體真好
克朗的兌換比率在風中撩亂，一個人像一枚捷克硬幣似地掉了，掉在教堂

陽光今天好好，世界都在我背包——在柏林、在萊比錫

腓特烈大街

春天的禮拜一，柏林在鐘面疾走
準點，一次知名的回頭
看見中東
看見世界疲軟地掛在胡桃樹枝
在腓特烈大街
瀆的罪，遠大於我們試穿的尺寸
河水是一條繩索，陽光受縛

卻禪得像生命中的長假
唉每一天都是歷史的尾聲，然而
警察與祕密一向都有古老的情話

菩提樹下大道

今天下午我繼續走
今天走了，教堂停留我
施普雷河冷靜地帶上柏林
一身波光一身俗世利害
禱詞，如地鐵駛過
大車站透光幃幕讓旅人匆匆發芽
我不再以綠啊綠詢問：如何
在椴樹下繼續灰濛濛走著

偶爾以一根菸的眼紅
眺望：雲影駕著四匹銅馬，遠遠的
女神，以及歇在祂手杖的老鷹也眺望今天
下午我繼續走，今天走了
和平了，只有腓特烈大帝的雕塑有戰事
神穿著羽絨按讚人間新PO的禱告文
忘記我活著，繼續走
在某處與某人之間
我不再落葉，只餘枯枝指揮
一列一列地鐵迴向波茨坦

博物館島

一句我愛你浮凸磁磚，像一列獅群儀仗。時光威猛，靈魂領軍，一句我愛你是前導。

……石槨張口，渴望對世界說一句留言，一句我不愛你也好。博物館是情話交換時回響最大的地方，因為太安靜了；最常送到博物館修復的是戰爭，因為太吵了。星星半裸，慢熱的心僅此一盞，石柱們邁開腳步，朝向一句我愛你，你三月的品質陰翳，有光正參透。我們在博物館相互考古，交換伊斯蘭神祕長句，我望著你以陶，你回答我以瓷，完全沒疑問的是磐石。一句我愛你不會長住博物館，因為誓言是火，火不適合密閉空間。整天，流動在博物館島，直到成為橋墩，橋下春天正在形容我們。

波茨坦無憂宮

對著戰後整修過的門面觀照，葡萄藤和即時訊息以探戈滑進手機界面，頓挫間，來到林子，一條長路看出冷靜比哀傷多。舞步點到地方，都被尊稱故鄉，我們從未走遠，只是在附近迴旋。中場休息，陌生人遞來一冊玫瑰詩集，詩句才是我的大帝。伏爾泰幽靈和笛聲之間，隱約傳遞古老的官方法語。我在宮廷內用三百扇窗子敞開下午一個人的深度，我用三行海涅偷換三根洛可可廊柱，我用網路遍地搜尋里爾克為戀人遷來柏林的孤獨足跡……伴侶，像立在古代晨光裡的棕櫚。

猶太紀念碑

是杯具，用來喝紅海
是封信，被打成蜂窩一格一格，無字也無甜蜜
是毒給了世界一包解藥
槍口的煙，努力向上，數一數多少星星從天堂跳機逃生
冷雨集中研究一座營，風是助理
營的同音異字是贏：勝利的諧音
納粹的鞋音，嬰兒以哭聲回應
用小鬍子偽裝卓別林，上帝不笑，只沉默
用我，我沒用
是鏡子，用來左右萬物、反對自己
是遊子，給浮雲差遣；是天空，給鳥挪用

用一大片紀念碑，謎你；你恐懼，再加劇
用走的，走不出那款不堪紀念的悲
是霧，用來寫信，投遞如掉淚
是一具具，一具就一句：沒有誰的人生是多餘

間諜橋 (Glienicker Brücke)

趁今天陽光好，將多年前雪中行走的風衣晾在格林尼克橋，綠色的鋼構橋梁從西柏林跨越哈弗爾河就通往波茨坦了，那年大雪，我是一名被交換的戰俘，迎面與我錯身的另一位戰俘也穿著風衣，雪同時掩蓋我們的傷痕。我們是陌生人，有一瞬間卻覺得我們更像親人，共同懷抱許多祕密，對信念忠貞，對愛存疑，對命擔心也沒用，臉型被歲月刻劃出堅毅的峻線。間諜是古老的行業，有共同的特質、遙遠的血緣。早先，柏林圍牆設有七個過境站，這橋是最西邊的一個，冷戰都過了多年，淡淡三月這天有陽光但仍冰冷，風衣晾在橋桁，彷彿還聽得見當年的雪紛紛之述說，雪花

和雪花彼此也是陌生的，它們一樣有共同的體質和血緣，卻飄往各自的方向，像我們也各自走向橋的另一端。……在我晾暖暖的風衣內，我摸著一枚發出波頻的袖扣，同時我望著橋下美麗的天鵝，天鵝也植有收發器，正在互相更新軟體與情報，這只是多年養成的習慣，談不上間諜行動，每次回家收聽天鵝搜集的情報，都是風聲、水聲、鳥鳴聲、橋上車聲。

波茨坦廣場

微雨的我經過波茨坦廣場，幾面圍牆前有人裝扮成東西德軍人拿國旗的模樣，供遊客付費合照，愈來愈滂沱的我匆匆經過。哎，孤獨是每個人的地雷，一天拆掉一枚，直到何年何月……何年何月？一九六一年八月十三日凌晨，跟今日一樣是個禮拜天，柏林人一覺醒來看見一道四十公里長帶有鐵蒺藜的圍牆沿蘇聯占領區邊界蛇去的那種恐懼，那種恐懼，如今是商機。

萊比錫

趕著上德語課的春天
身體文法如蛇，錯的地方最性感
這條街好身材，落葉脫盡就對了
馬靴不理不睬國土的硬道理
三月心中起司口味，廣場上
鐘之指針是每天重複吃的胖細火腿
趕著上德語課的春天，一路掉詞，一路新芽和水聲
懂得策蘭，就懂其他人站在橋上再也很難詩意了
湖綠般的女人橫舟一句
無話可說的岸，愛情在哪邊泊靠、就在哪邊用刀深刻
奔馳著上德語課的車眾們，等紅燈，熄火不一定在反省
金融或者雪融，如今都冷

神聖之書也都懶得一本正經
住在護身符裡的我佛在德語課對春天說罪過

更涼——萊比錫之聖尼古拉教堂

棕櫚挺舉教堂，天賜壓力
跟十字一樣有堅定的臂肌
天使也有運動，隨身耳機聽著約翰受難曲
神如果什麼都不做，會變得福態
神做了：向人間扔愛。我們卻難以接待。
未染髮的窗玻璃，
陽光素顏走來十五歲的模樣
彩虹凹入牆，微涼
懺悔拗彎成長椅，更涼

管風琴有中世紀口音，有鎳的活性
我們一無所有地領受天聽
風翻修灰鬢，
讓它在耳邊的智慧型手機留言，
神願意付費聽取？
星期一，德語遊行，腦海示威一群秋刀魚
愛也練出魔鬼身材，第一個也是最後一個
我給魔鬼禱告，不只一個。
為了平靜，
神自己都討論到暴力相向

春分時刻

如果春分時刻你微笑

你的心會跟蘋果派一樣
你也會微笑經過巷弄內一家地下酒館
假裝把靈魂賣給魔鬼
只有月亮給你知識
少年的霧，瀰漫歌德的行為
如果春分時刻你聽新芽
你的心也會響起巴哈
翻到沒譜的那一夜
你突然決定了什麼嗎？
為何兩行淚沿著紅磚瓦往下協議

註：地下酒館即 Auerbachs Keller。據說歌德的《浮士德》寫作靈感來自德國萊比錫的一家地下酒館，《浮士德》第一部第五章的小標題就叫「萊比錫城的奧爾巴哈地下酒館」，這是《浮士德》唯一不是虛構的場景。那天正是春分時刻，我走進這家地下酒館（已改成餐廳），廳內周遭的壁畫，其中有畫著浮士德在他戀人牽引下步入天堂的景象。

Schlachtensee

遠方一列地鐵載走品德
意志下車
歷史的背後探出一面湖，像笑臉，我用手機拍下
上傳，野鴨驚慌，或飛或划
夕陽曖昧地想說些什麼，好讓人生比較像話
枯枝俐落剪出我一個人跑步的樣子
用跑步為湖剪曲線，從色到空
一小時後微雨惟恍惟惚，在前途
我跑步，在心？
疑問句最禁得起下雪
湖邊三月叢林
叢林或歔或吹，落葉對落葉出神

葦草波光述說漣漪，搖曳心事
跨出下一步，下一步不會等在那裡
世界跑自己的步，繞著湖
口袋裡錢幣和文學院鑰匙撞得厲害

好好——前往尼古拉區

陽光今天好好，世界都在我背包
鐵軌細，旅途粗線條

昨夜我在你的跨國時區設定鬧鈴
今早準時鬧你、響你
讓我聽聽平安的聲音

陽光今天好好，夢少少，減量
減到有就好
陪伴你，比說一聲愛你更重要

列車疾駛，陽光躺在大腿上
歐式屋瓦，中文臉書，樹
和江湖疾駛、疾駛金髮紅髮銀髮

靜靜冥想的黑髮不甩我
我暫停在中央車站
活著大喊一聲早

陽光今天好好，陪伴列車長跑
攝氏三度的乘客戴耳機、瀏覽著
偶爾抬頭彷彿懂得什麼是不值的

在林中

一隻金毛松鼠覷窗，像網頁瀏覽，那時我在早餐。今天陽光好得令人悲傷，朝樹林走去，很久才遇見一大湖，湖對面是孔雀島。途中經常拐入小徑，聽鳥叫很遠，一種青春逝去的感覺，偶爾一陣長風撫過四萬八千樹影，動亂我念頭，許是冷冽，蟲鳴極小心，像祕密警察的樣子。我走路就是我寫字，不創新詞，讓落葉簡簡單單像古老的智慧。我乾燥，土地知道，今天陽光好好，夢最想流汗。早啊，天空！台北與柏林此刻兩地放晴、未放空。未來一直走來，我一個人走去。如果放空，我如何再度擁有呢？往回走，一隻金毛松鼠用尖爪點開我，我也是諸佛瀏覽中的一個網頁。

柏林 East Side Gallery 疑問句

是否太悲哀了，這牆如今看起來才會太歡樂？
如果所有的顏色都耗盡，我們用什麼對話？
開放塗鴉，牆將悲傷忍住？
牆縫綻放累累的鐵鎖，身體左轉三圈右轉一圈密碼就咔一聲打開？
比痛苦一次再多一次，一次就老了，有比再老一次更痛苦的嗎？
一個孩童牽著赫曼．赫塞沿牆散步，有比聊到跌倒更哲學的嗎？
那些年，牆收集的烏雲，有比傘的離散更多嗎？
與牆談判之前，靈魂迴避，我請天空跨過牆跟我聊聊好嗎？
牆是堅拒，距離嬰兒最遠的是找不到母親？
圍牆上許多啄木鳥發出錚錚的鐵器聲，聽見一道光在戰場上尖叫？
記憶飛越牆並設籍在冥王星，或者近一點的月亮？
骨頭如果作為牆的鋼筋，會一輩子酸痛？

說再見，我還沒決定

還沒決定說再見，我很忙。
前天台北的雨是否也快了七個鐘頭？
我知道你那邊幾點，也知道你。
微雨落在柏林，
我經過波茨坦，避開復活節，
避開因休假而復活的人，
繼續走，避開布蘭登堡門，
避開國會大廈，
前往提爾公園，微雨正在教育春芽；
你說台北富錦公園已綻放種種花色了。
說再見，

將不牢靠的地點再思考一遍。
喜歡空白，用空白寫詩；
喜歡走路，認真走失；
喜歡好好看人，不喜歡看人生。
還沒決定說再見，
因為我忙著欣賞一切生命的遲疑，
在柏林，有時
我抬頭竟然看見忠孝東路的雲。
路口同樣的小綠人，快步走
半路忽然臉紅，
哎歲月這吻太驚悚。

後記——回到更簡單的信念

李進文

沒有任何一個時代，像現在，光陰疾行，風景晃悠著人生，愈有速度感，愈無感。

詩還是它自己（神色自若的樣子），人卻找不到自己，所以人一直追索，也才一直有詩？詩幫助我們理解，歸納，安頓。

沒有一個時代，像現在，那樣孤單，孤單是因為一切變得太多太雜太輕，無法專注於「簡單」，如果能減成一個人獨自，刪到比一個人更少，那就是美學了。詩因為刪減的勇氣，而開闊創新、而豐饒深刻。

瀏覽的、過眼雲煙的速度，讓這年代更有提前老去的感覺。曾有那樣流金昔時，一行詩句為了被一個人懂得，甘願苦等。如今詩也按捺不住，遂有一種失速的感覺。

速度，物理學上不只是物體運動的快慢，還包括方向，速度會改變方向——譬如寫詩、讀詩的方向。即便寫詩這些年了，我仍反覆探索著方向。

這是一個前所未有的「詩的年代」，詩疾速而全面融入生活，不再孤高、也不再是小圈圈埋首苦吟的行業，社群取代所謂的詩壇，且更活躍、更當代。或許多年後不再有「詩人」這個名稱，但會有愈來愈多詩意被運用於日常及其他藝術之中。

網路時代，詩已經率先解放的此刻，寫詩者也應該是反省覺悟的先行者，在這麼有趣的「詩的年代」，重新思索著回到傳統勞動和純手藝，對詩那種緩慢操作與實驗，高傲地破壞、謙卑地重建——才是一種古老而神祕的滿足。

詩，讓我懂得簡單。雖然在作品中不免洩露人生的疲倦，疲倦的時候就告訴自己：回到初心吧。我始終說，回到簡單記錄生活、記錄我所關心的一切人與土地，回到這樣一個小信念。詩集是我的觀點、我的紀事本末、我的時間之書。

想起以前跟孩子說完床邊故事，親吻臉頰，互道晚安，輕輕帶上門。晚安以後，感覺一天結束，這才回到自己，晚安以後才是故事的開始，一首詩將我這樣一個勞動者端詳、思索，我們相視會心。

這些年來一邊工作一邊寫詩，我常將自身的職業技能和日常瑣碎挪用於詩中：——媒體記者的觀察視角、數位內容產業工作者的影像和音樂性，以及出版業如傳統手藝人的直覺。我嘗試過以童詩結合動畫、以現代詩結合美術館的經典作品一起對話展覽。也試著調整文體的慣性而寫《微意思》。

散步至中途，有一種更從容、隨喜的心情，盡量不再勉強自己，對詩、對人生皆如此。

這集子裡的作品是二〇一二年以後寫的，今年已經二〇一七年，是近四年我的真心。沒有人應該強求自己更樂觀，而是當我們覺得更悲觀時，提醒自己「更要怎樣?!」這樣想，就有了動力邁出下一步。

聯合文叢 614

更悲觀更要

作　　者／李進文
發 行 人／張寶琴

總 編 輯／李進文
責任編輯／黃榮慶
封面設計／朱　疋
資深美編／戴榮芝
業務部總經理／李文吉
行銷企畫／許家瑋
財 務 部／趙玉瑩　韋秀英
人事行政組／李懷瑩
版權管理／黃榮慶

法律顧問／理律法律事務所
陳長文律師、蔣大中律師

出 版 者／聯合文學出版社股份有限公司
地　　址／(110)臺北市基隆路一段 178 號 10 樓
電　　話／(02)27666759 轉 5107
傳　　真／(02)27567914
郵撥帳號／17623526 聯合文學出版社股份有限公司
登 記 證／行政院新聞局局版臺業字第 6109 號
網　　址／http://unitas.udngroup.com.tw
E-mail:unitas@udngroup.com.tw

印 刷 廠／沐春行銷創意有限公司
總 經 銷／聯合發行股份有限公司
地　　址／(231)新北市新店區寶橋路235巷6弄6號2樓
電　　話／(02)29178022

出版日期／2017年5月　初版
2017年5月 12 日　初版二刷 第一次
定　　價／360 元

ISBN 978-986-323-213-1（平裝）

國家圖書館出版品預行編目資料

更悲觀更要 / 李進文作 .-- 初版 .--
臺北市 : 聯合文學 , 2017.05
272 面 ；14.8×21 公分 . --（聯合文叢；614）

ISBN 978-986-323-213-1（平裝）

851.486 106006268